JN257775

さあハイヒール折れろ

松居大悟

さぁハイヒール折れろ

イラスト　松居大悟
構成　那須千里
装丁　あきやまなおこ
本文デザイン　ヤマザキミヨコ（ソルト）
カメラマン　関信行（go relax E more）
マネジメント　大石直人（GORCH BROTHERS）
特別協力　阿部広太郎　石原まこちん　山口晴子

※「さあハイヒール折れろ～こんな対談するんじゃなかった～(マイナビニュース・2013年12月5日～2014年6月19日」）の連載に加筆・修正を加えたものです。

さあハイヒール折れろ

Contents

まえがき

恋愛の本当のことが知りたい

女性の恋愛指南本は沢山あるのに、男の恋愛指南本がない。

なんでだと思いますか?

男はそこを改善しようという発想がたぶんないんですよね。

「モテてぇ」とかは言うんですけど、本当にモテたいということではなく、そういう会話をただ単にして間を埋めてふざけ合いたいだけで(むしろそれが当たり前のため、そう言ってわざわざ解説するのも憚られるのですが)。

学習しない野郎ども。話して盛り上がることはあるけれど、そこに具体的な解決を求めるのではなく、それを材料に盛り上がる、ということが目的にあるだけ。

だから女性は恋愛においてどんどん大人になるのに、男は全く成長しないんですよね。なんなら童貞ってことを誇りにしだすからタチが悪い(誰の話だ)。

自己肯定を愛する、プライドの高い生き物なのです。

そんな自分の価値観に気づくことなく、ダサく肯定し続けていたら……。

「松居さんの雑誌などで話されている恋愛に対する考え方が面白いと思ったので、恋愛がうまくできない人目線のコラムをWebで連載しませんか?」というメールがきた。「はい! がんばります! よろしくお願いします!」と返信を送った後、(あ、おれ恋愛うまくできない人目線なのか）と思った。そんなわけで始めてみます。

本当はみんな恋愛なんてしてないんじゃないか？

みんな本当に恋愛なんてしているのだろうか？

や、これは別にロマンチックな言い方のアレではなく、普通に出来事として、誰がどういう人を好きで、いつ告白したり付き合ったりしているんだろう。こうして僕がパソコンでYouTubeを見ている間にそんな素敵な時間を過ごしているっていうのだろうか。

でも僕が接する人たちは、接している間はそんな素振り一切見せないから、みんな陰でそういうことをしているということ？　ドラマの世界で犯罪が描かれるけど本当は犯罪なんかしてはいけないように、本当は誰も恋愛なんてしてないんじゃないか？恋愛なんてドラマの中の出来事なんじゃないのか。

じゃないと、え、世界中の人が、僕の知らない間に、素敵な時間を過ごしてるってことになるよ？　誰か恋愛の仕方を教えてくれよ！　さぁ前を歩く女性のハイヒールよ折れてくれ！　病院に連れてくから！　さぁ！　さぁ!!

極端に言えばこんなレベルで僕は恋愛と接している。もう正直、身動きがとれなくなっている。恋愛のやり方がわからない。恋愛迷子だ（書いてはみたけど違うとは思っている）。

女子を好きになっても傷つきたくないから何もできない

中学・高校は山奥の男子校だった。大学に入ってその華やかさに驚いてしまって、毎日図書館の踊り場みたいな所でパンを立ち食いしながらやり過ごしていた。女子と接するたびに好きになるけど、傷つきたくないから何もできない。

大学三年のときに初めてできた彼女は、一か月もたたないうちに別の人と付き合い、そのショックを周りに慰められることで救われた。その後、失恋した男を励ますだけの芝居を作って、自分の気持ちを昇華させて、その勢いで劇団を始めた。

「恋愛どこだ……」

そのせいか、劇団を作った最初の頃は女子が信用できないから、男だけで「モテたい」といいながら女子から逃げ惑う〝童貞芝居〟をしていた（ネタというか、売りにしていたのはその頃だ）。

その直後「アフロ田中」というひたすら彼女を作ろうとする童貞映画をやって、まとめサイトで「こんなパーマあててる慶応ボーイが童貞のわけがない」と書かれていてパソコンの前で途方に暮れた。

そもそも天然パーマだし、あの大学にいたせいでより屈折してしまったし、でもそれを主張すらしたくもない。アピールなんてしたくない。そんなこと書いたら、その一文がアピールだと思われて、「それネタでしょ、もうやめた方がいいよ」とか言われる。じゃあどうする！　正直どうしたらいいかわからないよ！　酒の肴になるのはもう十分だよ！

恋愛のアドバイス、みんな言うことが違うんだ

今まで僕が居酒屋で恋愛のアドバイスをされて、感銘を受けて携帯のメモ帳にいれていることを列挙しておく。

- 相手そのものに興味を持つ
- 話が続かないのは、相手ではなく自分のせい
- 頭をなでて拒否されなかったら大体いける
- すぐ結果を求めない
- 第三者の目線で告白する

もうゴチャゴチャ過ぎてわからない。みんな言うことが違うんだ。というか頭をなでられるぐらいの甲斐性があったら、今こんなことになっていない。「本当に童貞なんですか？」はもう1000回は聞かれた（ここで、本当にそうであるかどうかの言及はしない。それは概念の違いだと思うからだ）。

「モテそうなのにね」と言われても、「まぁ私は興味ないですけど（笑）」のダブルミーニングにしか聞こえないから傷つく。そんなことを言う余裕があるんだろ馬鹿野郎（でもそれも「一概には言えないよ！」とか言われてまた悩む）。

恋愛も、女性も、もっと知りたい

本当のことを知りたいのである。恋愛のことももちろんだけど、女性のことをもっと知りたいのだ。

でも考えすぎかもしれないけど自分のこの演出家的な立場だと、もうカッコ悪いことは言えない。それでどんどん、本当に恥ずかしいことは話せず、本当に恥ずかしいことは聞けなくなっていく。そうして女性と正面から恋愛の話をするのは怖くて避けてきた。

だがしなければならない。するのだ。これはチャンスなのだ。利用するのだ。なので、これを読んでいるあなたも、この機会に恥ずかしい自分に向き合って、恋愛のすばらしさを見つけて、恋したくなったらいいですね。めざせ結婚ということで。タイトルはもちろんこれしかないですね。

さあハイヒール折れろ～恋愛対談集～

これは自分から何も行動せずに奇跡にすがる僕と、様々な恋愛猛者の女性たちと熱き激論をかわす楽しい本です。自信はないです。よろしくお願いします。

☆☆☆☆☆☆☆☆☆☆☆☆☆☆☆☆☆☆☆☆☆☆☆☆☆☆☆☆☆☆

ということですけどね。

同名Web連載『さあハイヒール折れろ』での激論対談から半年後、未来から来た感覚でこれを読んでいる松居です。（ドラえもんののび太にとってのセワシ的な存在です。）

小学校は6年間1クラスで塾通い、中学高校は男子校、大学では演劇にどっぷり、という女性に縁のない暮らしをして恋愛における欠陥が生じた松居を変えるためにやってきました。なんですかこのしょうもないコラムの出だしは。

タイトルの時点で、『目の前を歩いている女性がもしハイヒールが折れたらそれを助けて何か素敵な出会いになるんじゃないか』という他人任せな時点で終わってますね。

そんな愚かな価値観をぶっ壊しながら、恋愛において大切なものを探しに行く旅に行きましょう。（結局他人任せ！）

VS

ジェーン・スー

ジェーン・スー

1973年、東京生まれ東京育ちの日本人。作詞家／ラジオパーソナリティー／コラムニスト。音楽クリエイター集団agehaspringsでの作詞家としての活動に加え、TBSラジオ「ジェーン・スー　相談は踊る」を始めとしたラジオ番組でパーソナリティーやコメンテーターを務める。『貴様いつまで女子でいるつもりだ問題』（幻冬舎）が発売中。ブログ『ジェーン・スーは日本人です。』

まずは松居の鼻っ柱を折りましょうか。

自分から口説けない男なんて自分が傷つきたくないというプライドの塊でありまして、そのくだらないものをなんとかしなきゃいけない。

そういう意味では今まで松居と出会った中で最強の女性、ジェーン・スーさんしかいませんね。

このお方は“未婚のプロ”というある種、童貞の正反対に住んでいながらも、どちらの目線も持っている稀有な方です。そして話していて気持ちが良くて。

松居はジェーン・スーさんの話は最初から素直に聞いているので、そういう意味では、まずここでボロボロにしてから色々考えてみたいですね。

それではジェーン・スーさん、やっちゃってください！

二人のファイトをどうぞ！

――お二人の出会いはいつですか？

ジェーン・スー「最初は三宿のＷＥＢ（クラブ）だよね」
松居大悟「申し訳ナイト（ＤＪイベント）ですね」
ジェーン「クラブで出会ったって、おしゃれー（笑）」
松居「監督した『アフロ田中』（12）っていう映画が公開する直前で。原作の漫画が『ビッグコミックスピリッツ』（小学館）に連載されていたんですけど、ジェーンさんスピリッツ好きなんで」
ジェーン「私、『アフロ田中』シリーズが好きで。最初は、映画化？　大丈夫～？　ぐらいの斜に構えた感じで。イチファンとしてあるじゃないですか、実写化ブームどうなのって。でも観に行ったらすごい面白くて『面白かったよ』って」
松居「そこで知り合って、シケ金（ジェーン・スーさんがパーソナリティーを務めるラジオ番組『ＯＲＤＩＮＡＲＹ　ＦＲＩＤＡＹ～つまりシケた金曜日～』）に呼んでもらって」
ジェーン「原宿で毎週金曜日に生放送やってるので、そのときに宣伝でも来てくださいってことで」
松居「『男子高校生の日常』（13）という映画を公開するときもまた遊びに行かせてもらって」

――プライベートでも会われるんですか？

ジェーン「全然、それはない」

松居「Twitterをチラチラ見ているくらい」

ジェーン「Twitter上のつき合いです。Twitterと、お互い宣伝があるからという、つき合い（笑）」

男は〝男主導〟にしたい生き物？

――ラジオでも恋愛トークはありましたか？

松居「作品が『アフロ田中』と『男子高校生の日常』だったんで、必然的にやっぱりそんな感じで。恋愛論……」

ジェーン「恋愛論っていうか、恋愛無駄話みたいな」

松居「僕はわりとジェーンさんから怒られるような感じ」

ジェーン「怒ったつもりもないんですけどね」

松居「本（『私たちがプロポーズされないのには、101の理由があってだな』）を読んで、男って結局ものすごく男主導な生き物なんだっていうのがわかりました」

ジェーン「男主導にしたほうが男は機嫌がいいんだなっていうのを、私は長い時間をかけて学んだんですよ。男主導にしないと結局上手くいかないから、上手くやりたいんだったらその方がいいんだなと思って」

松居 「僕は自分が男主導にできないタイプだから。でも往々にして多くの男たちは自分からいきたいものですよね」

ジェーン 「いや、松居さんだってめちゃめちゃ男主導を望んでるじゃん！ いま聞いていて、誰の話をしてるんだろうと思って、ぽかーんってなったんですけど（笑）！『俺から言わせろ』ですよね、結局は」

松居 「……早速きましたね。」

――どうして松居さんが男主導だと思われたんですか？

ジェーン 「シケ金で話したり、ごはんに行ったりした中で、結局自分で仕切りたいんだろうなっていうのを、言葉の端々から感じて。あと職業、映画監督だしね。ディレクターでしょ!?」

松居 「でも仕事と恋愛は分けてるつもりなんです。恋愛では相手と一緒に考えようっていうスタンス」

ジェーン 「一緒に考えようって言ってるけど、よくよく話を聞いていると、『俺のペースで』一緒に考えようってことじゃないですか。一緒に考えるって、相手のペースに合わせることでもありますから。俺のペースで一緒に考えようっていうのは、責任を回避しようとしているだけで」

松居　「わー、イタいイタい！」

おとなしそうな女の子のほうが恋愛上手？

ジェーン「恋愛ベタだと言う男の人に限って、女の人に下駄を預けないですよね」

松居　「どういうことですか？」

ジェーン「女に下駄を預けると、仕切れない俺っていうのを、すべての側面で自覚していくわけじゃないですか。それはやっぱり嫌なので、体力的にも経験的にも自分より相当低い女の子を対象にしていく。それなら、自分で仕切りきれなくても、何となく分が悪くならない。実はそういうおとなしそうな女の子の方が百枚くらい上手《うわて》で、男の人は女の人が敷いた線路の上を歩いていくんです」

松居　「そうなんですよ。おとなしそうな女の子のほうが恋愛が上手かったり。こっち的にはファーストインプレッションでちょっと不器用そうだから、俺がリードできるなと思っていくと、向こうのほうがレベル高かったりとかしてヒヨったり。ちょっと強気に見える人のほうが、意外と中身はそうでもなかったりして。どうしてなんですかね？」

ジェーン「やっぱり女が一歩引いたほうが、男女関係は上手くいくっていうことをもともとわかってる、おとなしい女の子は。その時点で、生き物としてかなり優秀なんだと思うんですよ。これって結構真面目な話で、男女同権と言っても、『男でも女でも好きなものになれます、頑張って勉強すればなりたいものになれますよ、もう女の人は何でもできますよ』と言われて育ったのに、頑張って頑張って手に入れたものが多ければ多いほど、男から怯まれる。そういう恐ろしい事態に、20代中盤くらいに直面するわけですよ。あらァ!? みたいな」

松居「仕事ができればできるほど」

ジェーン「そうそう、知っていることが多ければ多いほど。男の人は好きな女の子を喜ばせたいし、女は好きな男の人に喜んでもらいたいから、してもらったことに『わあ〜すごい！』ってリアクションする。すでに経験してるのに。そういうことが自然とできる時点で、おとなしい女の子は本当にものを知らないか、喜んでおいたほうが上手くいくことをわかっているかのどちらかですね」

松居「え、その、幸せな恋愛をするためには、本当は知ってるけど知らないふりをしたほうがいいってこと?」

ジェーン「スムーズな恋愛をするためには、それも手の一つとしてはあると思いますけど。幸せな恋愛をするためには、女の人は勝手に場面場面で男の人に男らしさを求めないことも大切だと思います。男の人は男の人で、『俺がリードしたい』っていうのが本当の欲求なのか、そうじゃないと社会的に何となくカッコ悪いってことなのかの見極めを自分自身でしてもらって」

デートで行くお店は男が決めるべきなのか

松居　「でもね、けっこう潜在的なものなんですよ、男がリードしたいとかは。とはいえデートで何を食べるとかは、ちょっとヒントが欲しいんですよね。今日は肉じゃないのか、肉なのか、麺の感じなのか、とか。何でもいいって言われたら本当に困る。なんか一個ヒントくれたらそこからじゃあこれとこれってなる……」

ジェーン「なんでそこまでしなきゃいけないんだ！って話なんですよ（笑）。こっちはいい店知ってるのに、なんでヒントあげてあなたのリードを待たなきゃいけないんだっていう……」

松居　「じゃあそう言ってくれたらいいのに！」

ジェーン「どんどん言っていくと、機嫌損ねちゃうから。だから面倒くさいんだって（笑）。男の人は『何食べるかオレが決めるのはヒントがないと難しいけど、ヒントがあれば考えるよ』って言うけど、こっちとしては店知ってるし、何でわざわざその補助輪つけなきゃいけないんだろうな……っていう」

松居　「それって何なら決めてもらってもいいんですけど、どういうふうに言われたら決められるんですか？　『そっちのが店詳しいのに』みたいな？」

ジェーン「『店詳しかったら教えて、俺はそんな知らないから』とか言ってもらったほうがいい。気は楽。そこで『男の子なんだからさあ』とか言う女とはつき合わないほうがいいと思いますよ。私は過去にそれをやってきたんで、やってきたくせに、そういう人たちのことを悪く言いますけど」

松居「そこで『わかんないから教えて』と言って、『わかんない決めて』って返されたら、またなんかイラッとするじゃないですか。『一緒に考えよう』がいいですよね」

ジェーン「一緒に考えるって難しいでしょう、だって……」

松居「一緒に食べログを調べる、みたいな」

ジェーン「じゃあ『食べログ一緒に見よう』とかそういうところをリードしてもらえればいいんですけど。食べログ3つ選んでどれがいい？　みたいなことだったら、全然アリだと思いますよ。それって十分リードだと思う」

松居「なるほど、知識としてではなくて」

ジェーン「場面の進行管理能力をやっぱりつけて欲しいですね。そこでいいものをプレゼンできるかどうかは、全然関係ないです」

つき合うのに告白は必要？

松居「男女がつき合い出すって、高校生とかだったら、どっちかが告白して『好きです』と言うところからじゃないですか。僕はもう28歳なんですけど、それぐらいになると、もう今さら言ってどうとかじゃなくなってきてて。つき合うってどこからがつき合うってことになるんだろうなあ」

ジェーン「言ったほうがいいと思いますよ」

松居「好きだとか？」

ジェーン「いや、つき合おうとか。女の人はそれすごい悩んでますよ」

松居「言われたいんですか!?　それで重くなったら嫌だなとか思うんですよ」

ジェーン「はぁぁぁあ!?　重くしましょうよ、ちゃんとつき合うんだったら。重くなるのを心配するのは女の人ばかりだと思ってたので今びっくりしたんですけど、ちゃんとつき合うって伝えるのは、コミットメントの意志を明解にするってことじゃないですか、結局。そこで契約を交わされなくて、やることだけやっちゃって悩んでる女の人は結構いますけど」

松居「でも五分五分な戦いってあるじゃないですか」

ジェーン「えっ」

松居「言ったら壊れてしまうグレーの感じで進んでるやつ」

ジェーン「男女に関係なく、言ったら壊れちゃうようなグレーなやつっていうのはそれを楽しむのがいいと思うので、その場合は言わないほうがいいと思います。でも本当につき合いたいんだったら、つき合いたいと言ったほうがいいと思う。『つき合うとかじゃないんだよね』とか言う女は、都合よく男をキープしてるだけなんで。男だってそうじゃないですか。いい感じだったのに、つき合おうって言われたらキツいんだよねっていう人は、相手を独占したいほどは好きじゃないってことじゃないですか」

松居「そうですね」

下の名前で呼べない

松居「あと僕、つき合っても女の子の下の名前を呼べずに終わったりするんです」

ジェーン「すごいですね、それ」

松居「◯◯さん、◯◯さん、って苗字で呼んでて、その苗字やめて、下の名前で呼んでとか言われて。ただ、下の名前で呼んでと言われた瞬間に、下の名前で呼ぶのは負けみたいになるじゃないですか」

ジェーン「いやいや、勝ち負けじゃないですから」

松居「だから俺のタイミングで！ってなる」

ジェーン「出た、俺のタイミング。男は言うよね、俺のタイミングでって。ばかみたい。なんだよ俺のタイミングって……」

松居「徐々に変えてく、みたいな」

ジェーン「知らねーよ」

松居「じゃあどうしたら……」

ジェーン「自分で考えすぎ。相手不在ですよ完全に。さっきから話してて完全に相手不在ですよ」

松居「でもメールとか僕めっちゃ返すんですけど。ラリーは僕で終わる、みたいな。それは関係ないですか？」

ジェーン「それでも三か月しかもたなくてフラれるんでしょ」

松居「……はい」

ジェーン「ということは、相手は『私のこと見てないな』と思ってるってことですよ。恋愛では好きな相手に自分のことを見て欲しいっていう思いが強いじゃないですか。恋愛なんてみんな多分そうだと思いますけど。自分のことをわかってくれる、自分だけを見てくれるみたいなことが、恋愛に求めることの一つであるならば、この人は私のことを見てないなっていう……」

松居「息苦しくなってきました」

恋愛しても相手を一番にできない

松居「たしかに、彼女がいても、映画の撮影とか舞台の稽古が始まったらそっちに集中したいんです。相手も『それは分かってる、応援してるし、連絡しない』みたいな感じで言ってくれたんですけど、ちょっとしたら『元気？』って連絡が来たから、それちょっとやめてくれ集中したいって言ったら、メールぐらい返してよって言われて。もう思考停止してしまって、メールが来るたびに削除して」

ジェーン「読みもしないで？」

松居「読みもしないで」

ジェーン「っていう俺に酔ってるんでしょ（笑）」

松居「僕は相手を一番にできないな、仕事が一番になってしまうたちだなって。向こうも恋人を一番にしない人だったら上手いことといくんじゃないかと思うんですけど……」

ジェーン「どっちも一番じゃなかったら終わるんじゃないですか。こっちが一ヶ月ダメだったら、次の一ヶ月は相手がダメ、年に三回ぐらいしか会えないっていう……。まあ、松居さんには恋愛で上手くいって欲しくないですけどね」

松居「いやいやいやいやいや」

ジェーン「このままこじらせて、すごいこじらせ上げて欲しいです」

恋愛をうまくやるには変わったほうがいい？

松居「僕は変わったほうがいいんですかね……」

ジェーン「いや、変われないでしょう」

松居「いや変わりますよ！　僕ね、ほんとに好きな人とかにお酒やめろとか言われたら多分すぐやめますよ、引っ越してと言われたらすぐ引っ越すし」

ジェーン「自分はそんな簡単に変われるもんじゃないっていうのを、思い知ったほうがいいと思いますよ。恋愛ぐらいじゃ人間変わらないと思いますよ」

松居「でもこの本（『私たちがプロポーズされないのには、101の理由があってだな』）を読んでたら、『あんた変わりなさいよこれじゃダメよ』って言われてる気がして」

ジェーン「それはその人次第でしょう。この本で何が言いたかったかって、『これをやっちゃだめよ』っていう恋愛本を書いたつもりはさらさらなくて、でも状況がわからないと態度を決められないじゃないですか。今の未婚者が置かれている状況の一例を伝えられればなと思って。そこから先の態度は自分で決めてくれって話で」

松居「男バージョンのこういうのがあったら自分はどうするんだろうなと思いました」
ジェーン「男の人はこういうことしないからね。男の人用の恋愛本ってほとんどないじゃないですか。だから状況がわかっても考え方は発展しないんじゃないかって気がしなくもないんですけど」
松居「しないですね。男同士だと結果しか話さないですからね。相談してても、最終的には『もういっちゃえよ』しかない。いっちゃえよ、って言うことが楽しい、みたいな」

恋愛の悩みは自分の性格の反射

ジェーン「どうしたいんですか、結局」
松居「自分が変わらないと幸せな恋愛はできないんじゃないかと。あんまり今まで上手いことやれてきてなかったんですよね。どうしたらいい感じの人といい感じになれるんだろうって」
ジェーン「なんかね、恋愛相談を今ネットでやっているんですけど、最終的にみんな自分の話になっちゃうんですよ。恋愛って相手あってのことなんですけど、恋愛の悩みはほとんどその人の問題だなって。恋愛の悩みは自分の性格の反射っていうところがすごいあると思う。その人がどこに自分のコンプレックスを持っているか、考え方がわかる。だから人とつき合うことで、自分を知るってことだと思うんですけど。逆に今までの恋愛で、自分はこういう人間だなって思ったりした？」

松居「やっぱり演出したくなっちゃうんですよ。大学生で初めて彼女ができたときは、クリスマスにお台場のヴィーナスフォートのレストランを予約して、プレゼントも何をあげたらいいかわかんなくて『冬ぴあ』を読んだり、小学校の同級生にも相談して『スタージュエリーだな』って言われて買いに行ったりして、渡すタイミングも作戦立てて。さあ行くぞって12月24日に予約してたんですけど、22日にドトールに呼び出されて『好きな人ができました』って。マジかと思って……。それでも惨めにすがりつくのもかっこ悪いなと思ったから、『了解』とか言って、コーヒー一口も飲まずに帰って。翌日になってどうしたらいいかそわそわして、ヤバいなこれ、本州にいたらつらいなと思って、浜松町からフェリーに乗ってブワッと伊豆大島まで逃げて」

ジェーン「狂ってる……！」

松居「一晩過ごしたんですけど、今考えたらちょっと自分に酔ってる……」

ジェーン「でしょうね。すごい気取ってるよね」

松居「わりと〝自分〟だなっていうのがありますね。相手のこととか考えてなかったですもん。レストラン予約するとかプレゼントあげるとかも、そういうことしちゃってる俺、みたいな。自分のことばっかりなんですよね」

誕生日には彼女が欲しいものを

松居　「じゃあ、相手の誕生日には何をするんですか?」

ジェーン「彼女が欲しいものを、あげればいいじゃないですか。ある人は妻から『私が何を欲しいかをわかるくらい、毎日私のことを観察するところからがプレゼントだ』と言われたって。彼女を喜ばせるには、自分がやりたいことじゃなくて、彼女が喜ぶことをする。彼女を喜ばせるために俺がやりたいことをやるっていうのだと、彼女は松居さんの演出する理想の誕生日の台本を読まなきゃいけなくなるんですよ」

松居　「うわぁ、僕自分の好きなCDとかあげてましたね」

ジェーン「そうそう、結局、俺脚本、俺演出、俺主演の舞台にお前がベストアクトレスとして出てこい、ってことじゃないですか。ベスト助演賞として。自分の誕生日に人の台本を読まなきゃいけないっていうのは酷ですよね」

松居　「それちょっと反省ですね……」

ジェーン「一人よがり、一人相撲感」

松居　「一人相撲しかしてなかったですよ、そう考えると」

ジェーン「私が40歳近くになってようやく編み出した戦法というのが、大切な同性の友達にやらないことは、つき合っている相手にもやらないってこと。やっぱり異性を傷つけたり困らせたりすることって、大体が大切な友達にはやらないことなんですね」

「こんな演出できる俺すげぇ！」という壁打ち恋愛

松居「ちょっと難しいのが、店で祝っていて店員にバースデーソングを歌われたときに、女の子がうつむいたりするじゃないですか。でもそのうつむいてる感じがすごい可愛いかったりするんですよね」

ジェーン「あの、プライベートではそのファインダーを外したほうがいいですよ。ファインダー越しにすべてを見るのはやめたほうがいいですよ、ほんとに」

松居「あの恥ずかしがってる感じ……」

ジェーン「完全にカメラ覗いて片目つむってるじゃないですか。そのね、カメラアイはどうにかしたほうがいいと思いますよ。映画としてはいいんじゃないですか、そのシーンは。女の子がちょっと過剰な誕生日祝いをされちゃって、男の子はなんかこう鼻フガフガいわせてどうだーみたいになってて、女の子のほうは『もー』とか恥ずかしがりながらも下見てニヤッとしてるみたいな。いや、いい画だと思うんですけど、実際には平たくいえば嫌がることをやっているわけで」

松居「いやね、それは分かるんですよ。だいたいの人は嬉しいわけないって思うんですけど。なんか一週間くらい前からまったくそういう素振りを見せないわけですよ」

ジェーン「でもそんなのバレてるから」

松居「でも普通に祝われるのはいやじゃないですか?」

ジェーン「結局またそこで、はい、ダーン! こんな演出できる俺すげぇ、みたいな。それ壁打ち恋愛じゃないですか。壁打ちテニスみたいな」

年上の女性がいいのでは

ジェーン「私が言うとパワハラ及びセクハラになっちゃうんですけど、30代中盤くらいの年上の女とつき合ったほうがいいと思いますよ」

松居「んー……(恋愛の)偏差値が高いじゃないですかそこは。私が教えてあげるよ感が……。そういうときはこうするんだよとか言われるのがだんだん腹立ってきて、なんで言われなきゃいけないんだみたいな。俺的には同じスピードでこう、歩んで、恋愛の階段をね」

ジェーン「また出たよ、同じペースでっていう名の俺のペース」

松居「だってそうしないと完全に向こうのペースになるんですよ」

ジェーン「それ言いました？　相手に」

松居「僕が不機嫌になるんです、言われたとき。そういうので伝えている」

ジェーン「伝わんないですよ！　動物じゃないんですよ。小動物じゃないですよね？　人間ですよね？　松居さん」

松居「そうです……」

本当のことを言える相手とつき合ったほうがいい

ジェーン「それはやっぱり、今言ったことをそのまま相手におっしゃったらよかったじゃないですか。年上なのは分かってるし、そっちの経験値のほうが多いのも分かってるけど、でもそれをいちいち言われるとヘコむからって」

松居「いや、それ、カッコ悪くないですか」

ジェーン「言わないほうがカッコ悪いですよ。男の人が思ってる男の格好よさは、女が思う男の格好よさとは必ずしも一致してなくて。それ言ったらカッコ悪いっしょっていうのはあんまりカッコ悪くなくて、これやったらカッコいいっしょっていうのが全くカッコよくなかったりします」

松居「でもなんか、向こうも僕に教えてる感じではないんですよ。無意識に言ってるんです。だからそれが気になるって言うのは相手を責めてるみたいで」

ジェーン「ちゃんと話し合いの場を持てばいいじゃん。教えてる気がないのは分かるけど、年下だし男だからそういうのちょっとヘコむんだよね、どうしたらいいのかな？とか」

松居「たしかに、これ言ったらかっこ悪いなと思って言わないことは、すごい多い」

ジェーン「男友達にはそういうカルチャーがないのかもしれないけど――女友達もそんなにないけど――でもバーバルコミュニケーション（言語コミュニケーション）っていうところですよ。言葉で伝えることは、すごい大事だと思いますね」

松居「ふうーん、そうか、言っていけばいいのか。そうか相手は35歳くらいがいいのか……」

ジェーン「20代でもいいんですけど、いずれにしても相手に言っていくしかないんじゃないですかね。自分から言えば、相手も気づいて言ってきてくれるから。それの繰り返しじゃないですか。あ、いい例がありました。昔の話。20代後半に三つぐらい年下の彼氏がいて、いつも年下だと思われたくなくてリードしようとしてくれるタイプの彼氏でした。ある日、その彼氏の前につき合ってた男が結婚したと風の噂が入ってきて、それが想像以上にショックで。べつにもう好きだったわけでもなんでもないんだけど、別れる原因になった女と結婚したんですよ」

松居「えーっ」

ジェーン「それって、私は絶対に選ばれなかったってことを再確認するみたいなもんじゃないですか。それでけっこうへこんじゃって、でも今の彼氏には前の男とのゴタゴタは関係ないし、言えないことだと思ってた。だから女友達にずっと愚痴っていたら『それ今の彼氏に言いなよ、元カレが結婚したのがすごいつらいって、泣いてるんだって言え』って言われて、いやさすがにそれは言えんだろと。関係ないし、お前まだ向こうのこと好きなのかってなるから言えないよって言ったら『大丈夫だって。素直に思ってることをちゃんと言えば大丈夫だよ』って。えぇーっと思ったんですけど、最近元気ないねっていうことを言われたときに、おっかなびっくり『いや実は前の彼氏が結婚しちゃって、べつにまだ好きなわけでもないんだけど、自分でもよくわからないんだけど、すごいつらい』みたいなことを言いながらバーッと泣き出して。そしたら向こうが『よしよし、つらいね』みたいな感じになってくれて。たぶん後から考えると、そう言いながら今頼れるのは俺だなっていうのが分かったんだと思うんだけど」

松居「それが演技じゃなかったのがよかったんでしょうね。見てて普通に落ち込んで泣いてるのが分かったから」

ジェーン「結局本当のことしかダメだと思うんですよ。変なアピールをしたり、相手を思ったように動かそうとするために何かをしても、だいたいバレちゃうから男女ともに。あの時は自分の気持ちを素直に言って、結果的によかったですね。それ以降かも、つき合ってる人に思ったことを言うようになったのは。だから本当のことを言える相手とつき合ったほうがいいと思います、結婚するにしても。でも松居さんは30代中盤まで結婚しないと思うんで、それ以降でいいと思いますよ。お互いに斬りつけ合うみたいな恋愛をして、それを全部創作に落とすっていうのもいいですよ。だって私、独身でいたら本になったんですよ。できないこと101個書いたら本になったんです。ほんとにいい時代だなと。転んだら創作に変えるっていうのが絶対に今はいいと思うんで。上から目線でエラそうに言いますけど。べつに恋愛なんか上手くやらなくてもいいいじゃない」

松居「僕それもまさにそうで。このこじらせた性格もまさにそういうふうにしてしまえと思って。企画にしてしまえということで」

経験値の高い女性にぶつかってみては

ジェーン「でもあれですよ、芸の幅を広げるためにも、30代中盤の女、経験値が重量級の戦車みたいな女性が相撲を取り組もうとしてきたら、そこは一回ぶつかってみては」

松居「痛い目見てもいいしってことですか」

ジェーン「そうするとその次につき合った女のときは、少し余裕が出るわけですから」

松居「なるほど、それはそうですね」

ジェーン「たとえば35歳の女が美味い焼き鳥屋とか、ガード下なんだけどちょっと美味い店とかに連れて行ってくれたら、別れた後にはそこに別の女を連れて行けばいいわけですよ。前の彼女が教えてくれたなんて口が裂けても言わなきゃいい。それで、ちょっとモノ知ってる男になれるわけじゃないですか。私、Twitterで確認したことありますよ。前の彼氏が別の女の子に、私が教えた店とかすすめてるの」

松居「Twitter、見ちゃいますね……」

ジェーン「前の彼氏とかね。監視社会……」

松居「この男、このやりとりしてんの誰だ？　とか」

――これまではどんな人とつき合いたいと思っていたんですか？

松居「こう言ったらめちゃくちゃ怒られるんですけど……自分よりも不器用な人です」

ジェーン「そうだよね、それは答えが読めてる……。っていうかさ、不器用同士でくっついてどうすんの？」

松居「だからそれでちょっとずつ見つけ合っていくんですよ、何か素敵なものを」

ジェーン「でも自分よりも不器用な人っていうのは、イコール自分のほうが上に立ちたいってことじゃないですか。関係性として」

松居「同じくらいでもいいんですけどね。これはこの対談をする前の僕の話ですよ（笑）」

ジェーン「申し訳ないんですけど、筋トレしないくせに俺より腕力の弱いやつじゃないと勝負したくないってなると、その条件で勝てる相手はすごい少なくなっちゃうじゃん。筋トレしてからなら分かりますけど」

松居「たしかに。戦車と、ガッて恋愛するほうがいいんですかね」

ジェーン「ならわかるけど。弱いくせにもっと弱い相手をって言われると、女の人のほうもちょっと困る。一緒に、一緒のペースでって言うけど、話聞いてると明らかに俺がリードする話しか出てないですけどね」

松居「そうなんですよね。リードする引き出しもないくせにリードしたいと思ってるからタチ悪いですすよね」

ジェーン「そうそう、ほんとそれ。わかるよ、気持ちはわかるよ、でもさあ、っていう。一生忘れられない年上の彼女みたいな人ができたらいいですよ。それで別れてボロボロになってズタボロになって、もう、そうするとその後の恋愛は比較的楽しくなる」

さあ俺の心折れろ

ジェーン「次行きましょう。タイトルの『さあハイヒール折れろ』ってところ、ハイヒールをバツにして、『さあ俺の心折れろ』にしたらいいんじゃないですか。折っていきましょうよ自分を」

松居「折っていきましょう。これまで折れないように折れないようにきましたから」

ジェーン「今日の話で大事なのは、松居さんはズルいってことですね。同じ歩調で、とか言ってるけど結局自分より経験値の低い、ゲームでいうところのゲージが自分より小さい女の子と、責任を取らない範囲でエバリたかったたっていうのと、演出は完全に自分のためだった、相手のことは考えてなかったたってこと」

松居「もしかしたらそうじゃないのかなって思ってたけど完全にそうでしたね」

ジェーン「あとはつき合ってる人には正直に話すってことと、一回戦車みたいに馬力もあって経験値の高い女につぶされたほうがいいのではってこと。これで今後の作品がすごく楽しみになってきました！」

反省コラム

ジェーン・スーさん

「恋愛理論武装の〝なれの果て〟」

★「自分のことしか考えていない」と思い知った

猛省してます。

確かに、〝未婚のプロ〟のジェーン・スーさんと話すのは怖くはあったんですが、まざまざと自分が自分のことしか考えてないというのを思い知らされました。

特に僕は自信がないから（それも自己演出かもしれない）、相手に最大のパフォーマンスをしよう（それも自己演出かもしれない）、と考えすぎることによって、ひとり相撲になってしまって、そんな自分に全く気づかずに、「相手のためだ」「一緒のペースで」とつぶやきながら〝どすこいどすこい〟してたとは……なんだかすごくバカみたいじゃないか！

ほんと対談読み直していると、自分のウジウジっぷりがムカついてくるんですよね。何なのアイツ、「そうですよね、わかります。」って相槌打ってるだけじゃねえかよ！　本当にわかってんのかよ！　行動で示せよ！　哀れな自分の姿を無理やり大きな鏡で見せられた気分です。

単に自分のペースでやりたいが故の理論武装だったとは。おそろしい。でも結局、男という生き物が、自分が恋愛において優位に立ちたいという潜在的支配欲があるんですよね。その「なれの果て」が僕なのかもしれない。

言うことが正しすぎて、言い返すこともできず、ただ納得するだけの自分の雑魚キャラさよ！

「あんたさあ」「うっす すみませんっす（ドキドキ……）」

★ジェーン・スーさんにちょっとドキドキ

でもジェーン・スーさん美人だったな。いや変な意味ではなく、初めて会ったときとかラジオで話したときよりも、なんだかキラキラしていました。それはもしかしたら、ああやって自分の行くべき道を見つけて、もうこれしかないとブイブイと邁進することを決めたから、ではないでしょうか。

やりたいことをやっている女性、って魅力的ですもんね。それが恋愛にしろ、仕事にしろ、趣味にしろ。なんでも。結局、何が自分にとって幸せかに気づいたのかもしれないなあ。ちょっとドキドキしたもんなあ。

でもそんなことあの対談の場で言ったら、「じゃあいいですよ！　行きましょうよ！　でもその覚悟はあるんですか？　踏みつぶしてボロ雑巾みたいになりますよ？」とかすごいいっぱい怒られるんだろうなあ。

★〝男の恋愛指南〟になれば最高

でも、恋愛の対談ってすごいですね。だって、恋愛のことしか話さないんですもんね。しかも女性と。男と下ネタ話すとかならよくあるんですけど、本当の恋愛の話なんて、避け続けたから、ちゃんと話したことなかった。

でも途中から恥ずかしさはなくなりましたね。単純に「もっとどうしたら?」とか「どう考えてる?」とか素直に聞きたくなりました。対談でもあったんですけど、男だったら、恋愛指南本なんてほとんどないし、そういう話をすることはないんですよね。野暮ったくなるし、照れるし。だから、恋愛としてあまり成長しないし、その間に女性が指南本や色んな経験でどんどん大人になっていくんでしょうね。

そりゃ、お互い斬りつけ合うみたいな恋愛ができたら、男としては、恋愛の経験値があがっていくんでしょうけど、そんな斬りつけ合うことがわかっている恋愛なんて、できないですよね。すべきなのはわかっているのですが、自分でGOサインを出さなきゃいけないってことなのでしょうか。

でもそれって相手の事好きとかじゃないよね。それこそ、自分の経験値を上げるための恋愛という意味では、結局自分のための恋愛になってしまうよね。恋に恋してる状態で、相手を見てないよね。なんだよもう、恋愛難しいよ!

ふうう。もっと考えよう。すごい企画だなこれ。あ、もちろん心は折れましたよ。最初のゲストで、心は折れましたよ。「さあ俺の心折れろ」ってタイトルにしなくて本当に良かった。

そしたらもうこの対談終わりでいいもんな。

ジェーン・スーさんはどんどん戦車女に行けと言われましたが、ちょっとまだすぐ行くのは怖いですね。対談ではあんな従順だったくせに、一人になるとこうしてウジウジしてしまう。あんなに怒られたんだからちゃんとすればいいのに。この馬鹿野郎！

VS

犬山紙子

犬山紙子（イヌヤマカミコ）

イラストエッセイスト。美女なのに恋愛が何故かうまく行かない女たちの生態を描いた『負け美女』（マガジンハウス）で作家デビュー。テレビやラジオでも活躍中。著書に『高学歴男はなぜモテないのか』（扶桑社新書）『街コンのホントのところ』（新人物往来社）、『嫌われ女子50』（KKベストセラーズ）ほか。

結構ボコボコにやられたみたいで、この状態からどうなっていくかがポイントなんですよ。

まず本当に考え方を改めたのか？　分析してみたいですね。

今の状態を見てもらうには、人間観察に長けている方、をご紹介しましょう。

負け美女界のファンタジスタ、犬山紙子さん！

犬山さんは人間観察眼が半端じゃなくて、女性を分析した本などザワザワするぐらい面白くて、分析してもらえたら活路が見える気がします。

そして連載時は、結婚されてなかったのですが、無事に結婚された（2014年8月入籍）ので不思議な感じですね。結末が最初にわかっている所から始まる古畑任三郎スタイルで読んでいただけたらと思います。

はりきってどうぞ！

『負け美女』は自称するものじゃありません

松居大悟「犬山さんは『負け美女』なんですか？」

犬山紙子「あ、全然違います」

松居「違うんですか？」

犬山「ハイ（笑）。でもね、『負け美女』なんていう本を出すと、自称していると思われるんです。だから自分のTwitterにも『負け美女は自称していません』と書いたんですよ。だいたいバッシングされるんですよね、自分のことを『美女』って言ってるよ、と。うっせえよ、言ってねえよ！って」

松居「『負け』でもないし、『美女』でもないし」

犬山「そうですね。最近もう『負け』ではなくなったかなと」

松居「あー、そうなんですね。いや、果たして実際はどっちなんだろうかと思っていて」

犬山「違うんです。だって自称『負け美女』とか言っていたら、結果自信満々な奴だな！って感じでヤバいじゃないですか。私にそんなメンタリティはないです（笑）」

松居「たしかに（笑）」

犬山「私の友達も、みんな自分は負け美女だと名乗っているわけじゃなくて、私が勝手に言っているだけで。だって『負けイケメンなんだよ、オレ〜』なんて言っている男、超サムくないですか？　負けイケメンも、残念イケメンも、いくらでもいると思いますけど」
松居「でもそれ、自分じゃ言えないですもんね」
犬山「うん、言った時点で残念だから間違ってはいないんだけど……」

モテないキャラは損しかしない

犬山「松居さんとはすごく喋りたかったんですよ。『ビジネス非モテ』ということを、すごく言われているじゃないですか。で、私も言われる立場だったので、ちょっと同志だなと思っていて。喋れる相手がいた！嬉しい！みたいな気持ちで、今日は来ております（笑）」
松居「べつにモテないと言ってきたわけではないんですけど、作っているものの内容とかによって、外から言われ出したんですよ。お前モテないキャラで売っているんだろ、みたいな。最初は調子に乗って受け入れてたんですけど、損しかしないですね、アレ」
犬山「そうだったんですねえ。でも、モテないということをちょっと書いたりはするわけじゃないですか。アピールはしていないけど――普通に言うぐらいなんですけど――でもそれはもうアピールって捉えられちゃう、それでお金を稼いでいらっしゃると勝手に推測されて……。今モテないって言うの、相当ハードル高くなってますからね……。私も自分のことをモテないと言っていた時期ありました」

松居「ほうほう！」

犬山「モテないの定義ってはっきりないけど、チヤホヤされないとか、告白されないとか、そういう状況のことを言うのかな。でも私の場合は、意中の男に全然振り向いてもらえない気持ちから自分はモテないって本気で思うようになってしまって」

松居「わかります……！」

犬山「意中の人がいてずっと追いかけているのにダメという状況があると、自分ではモテないと思っちゃうじゃないですか。でも一般的に見たら、それがモテないかというと、そうではないんですよね。過去につき合った人がいたり、告白されたことがあったりする状態でモテないと言ったら怒られるんだという」

松居「僕も自分から告白して上手くいったことがないんですよ。だから、モテるかモテないかと言ったら、モテないんですよね」

犬山「そう思うじゃないですか！　でも、松居さんの場合なんかは、肝心の恋愛が上手くいってなくてもファンの女性がいるんだからお前はモテているじゃないかってなるんですよね。だから『モテない』という言葉の定義はシビアだなと。本音は自分でモテないって思うぐらいいいだろって思うけど、それで金を稼いでるとか逆にモテないキャラでモテようとしてるって思われると癪ですしね。だから、モテないじゃなくて、悲惨な恋愛をしているというか、自分にとって不幸な状態ですと言うのがいいんだ、って今頃わかりました」

好みの人にモテなきゃ意味がない！

松居「自分が本気の相手には、こういう対談をしていることも、引かれるんじゃないか、とか思ったりするんですよ。いつかネタにされるんじゃないかと思われたらどうしよう、とか」

犬山「なるほど、同じ病ですね」

松居「対談で話し合ったことを実際に試されると思われるんじゃないか、なんて」

犬山「うーん、嫌ですよね。私も峰なゆかさんとモテテクを語った『邪道モテ』を出した頃は、モテ本なんて書いている女がモテるわけねえなと思って、内心どうしようかと焦っていました。でもまあ、結局そういう部分をわかってくれる人じゃないとうまくいかないだろうし、彼氏も理解してくれました」

松居「なるほど。彼氏ができる前は、そういう本を出していて、相手が離れていくことはなかったんですか？」

犬山「えーとねえ……多分あったと思うんですけど、それを直接言われることはあまりないじゃないですか。私のことをいいなと思っていたとしても、本を読んでこわくなったから手を引くみたいなことは、なかなか面と向かって言われませんよね。当時4年ぐらい彼氏がいなかったんですけど、その間に意中の人を追いかけてもダメだという状況のときって、余裕もないから実際にモテなくもなるんですよ。だから結構荒んでいて、男の子も寄ってこないしで、その原因を自分の書いた本のせいなのかなとすり替えていて……」

松居「本を書いていて、こうすればモテると気づくことってあるじゃないですか、方法論として。それで自分の恋愛偏差値は上がっているにもかかわらず、何て言うんですかね、その、現実には結びつかないいんですかね……?」

犬山「いや、それは……（笑）。結局自分の中での恋愛偏差値って机上の空論で。たとえばサッカーの動画を見ながら、ああすればいいこうすればいいと言うだけなら簡単だけど、実際にプレーしてみないとどうにもならないのと同じというか。私も雑誌なんかでモテテク特集されてるの見て、できる気になってたけど……」

松居「そうなんですか?」

犬山「頭にテクニック入っててもそれが自分に合うかどうかわからないいんですよね。でも、恋愛偏差値的なモテテクも無理してやる必要ないと思うんですよ、自分に合ってるものだけやってりゃ良いと言うか。自分に合ってると何度もやって取得するだろうし。まあ、自分の好みの相手にモテなきゃ意味がないわけですけど、彼が私が苦手とするモテテクをする系の女性を好きかどうかと考えたときに、べつにそこまでこだわっていない人たちだろうなと」

松居「自分の好きな人たちというのは？」

犬山「（小声で）今はバンドマン……」

松居「ああ、なるほど（笑）」

犬山「Tシャツとかが効果を発揮するタイプ……」

松居「ラフなほうがいいってことですか？」

犬山「モードなファッションは好きそうじゃないですね……まあでも、そういうのも、もういいやと思って」

松居「今までの人がそうだったんですか？」

犬山「いや、今まではバンドマンとつき合ったことないんですけど……みんなお洒落にまったく無頓着でしたね。でもその恰好目立つからやめてくれとか言われたことあったなあ……」

条件は一個だけでいい？

犬山「でも、自分に余裕がないときって、次につき合うならこういう人っていう条件が、勝手にできていくんですよね。昔恋愛していたときは条件なんか気にしていなかったんだけど、間が空くと年収は三百万円以上、顔は不問（逆にイケメンだったらモテそうだからちょっとイヤかも）、とりあえず話が合って、何かしら私がポッとなる才能を持っている人、というふうに」

松居「ハードルがどんどん高くなる（笑）」
犬山「そう、高くなっちゃうんですよ。でもべつに金持ちとイケメンを求めているわけではないから、自分の中ではハードルが高いとは思っていなかったんだけど、よく考えたらすごい高いじゃん！って。だからもう、どうしても外せない一個だけでいいか、みたいな」
松居「あー、なるほど。そう決めた瞬間に、ラクになったんですか？」
犬山「決めたというか、今つき合っている人とはそのときにもう出会っていて、それまでは恋愛の対象としては見ていなかったんだけど、そう思った瞬間に『好きかも！』と思いました」
松居「へえ！　じゃあわりと自分の中のスイッチが切り替わって？」
犬山「結構そうだったっぽいですね、私の場合は」
松居「僕もいっぱいありますね、条件みたいなものが。自分より背が低くて……とか」
犬山「ブフー！　普通なら男の子はカッコつけて『身長なんか気にしないよ』とか言うところを、素直に言っていたのが新鮮です！　嘘つかない感じでなんかいい！」
松居「おお、なんか嬉しいです！」

手を出さない男にときめく女心とは？

犬山「自分の美学としての、手を出さないオレっていうのがあるんですよね？」

松居「あー、ありますね。大切すぎて抱きしめられない」

犬山「それ、ネタばらしされた後は萌えるんですけど、脈ないのかなって悩む女もいるから不器用な話ですよね……」

松居「泊まりに来て、一緒に寝ていたとしても、手を回す頃には朝になっている、みたいな。そこまでに時間がかかりすぎて」

犬山「アハハ、ショボい！　でもそれを可愛いと思う女の層と、松居さんの好きな女の層が、ズレてるんですかね？　そういう男の人をかわいいって言う女の人はいっぱいいるんですけど、そういう女性の話聞くと好きなタイプの男は自分のこと好きじゃないって事をよく嘆いていて」

松居「おお、なるほど！　本当にその人のことを好きなヤツが手を出せないうちに、自分の欲を上手く見せられるヤツが、結局はホイホイとセックスできるんだから、損をしているぞみたいな説も聞いたんですけど……」

犬山「アハハハ！　松居さんいい具合に損してますね。せつね～」

松居「絶対にそいつより僕のほうが好きだ、と思うんですけどね」

犬山「ピュア目な男子ってオレの愛情のほうがアイツより多いのに……！ってことを言いますよね。前、童貞の男友達も好きな女友達に振り向いてもらえないときにおんなじこと言ってて、私の中でこれを言う人はいい人だってイメージがあります」
松居「こう話すといいんですけど、実際には何も動けないだけですよ！」

誰もが認める美人には萌えない？

犬山「まあでも、そうすると、上手く女の子を口説けないってことかあ」
松居「そうなんですよ。でもモテたくて、モテる要素を増やそうとして、いい大学に行くとか、外側のスペックを上げることによって、誘い水みたいなことをして……」
犬山「誘い水！」
松居「そこに相手が引っかかってきたらガッと攻める、みたいなことを考えていたんですけど、意外にみんな引っかかってこないなっていう……」
犬山「いや、何でしょう……やっぱり需要と供給が合ってないのかな……松居さんの好きなタイプというのは、なんかこう、生きにくそうな女の子なんですよね？」
松居「そうです、そうです。あと、本当は素敵なところなのに、本人はコンプレックスだと思って隠してて、周りは誰もそれに気づいていないみたいなポイントに、すごく萌えるんですよ」
犬山「あ、オレだけの学級委員長！　オレだけが気づいている彼女の魅力、みたいな」

松居「そうそうそう」

犬山「私もそういうの好きなんですよね。世間からイケメンと騒がれているというだけで、その人はもう自分の中ではナシになっちゃうんですよ。そもそもカッコいい人にドキドキしたりとかも全然なくて、実は。自分の顔に本当に自信がなかった頃は、イケメンとつき合いたいと思っていたんですよ。でも化粧を覚えて、ある程度顔を作れるなとわかった瞬間に、美醜は自分で補完できるから、相手の男には美を求めなくなったんです。そうしたら本当にタイプの男はどういう顔なのかというのがわかったんですよね」

松居「コンプレックスがそうさせたっていうことですか？」

犬山「私の場合はそうでしたね。自分の顔が20点だから、相手は80点ぐらいで、足して100点でちょうどいいかなという考え方だったんですよね。あんまりよくない考え方ですけどね」

松居「へえー。僕は逆で、中学生の頃はものすごいデブで、勉強もスポーツもできなくて、その頃は自分という人間の男度は20点ぐらいだと思っていたから、80点の相手なんかとてもとても……相手には失礼ですけど、自分と同じレベルの人じゃないと恋愛はできないな、とか、そういう高望みをしない方向で考えていましたね」

犬山「今はどうですか？」

松居「今はちょっと違うかもしれないですね。でも今もべつに美人には萌えないんですよ。なんでだろう？」
犬山「もともとみんなが好きなものは好きじゃない体質なんですかね？」
松居「なんか、生々しいものがいい、みたいな。リアルだなというか……」
犬山「そういう子が、実際に可愛いのと可愛くないのとでは、どっちがいいんですか？」
松居「ああー……それは、難しいですねえ……」
犬山「本当は可愛いんだけど、自分の可愛さに気づいていない、そんな女この世にいるのかよ!?っていう感じがしますね」
松居「だから見つからないんですかね？」
犬山「美に無頓着な子はたまにいるけど、自分の美に気づいていない子はかなりレアですよね。『私なんてかわいくないですよ』って、モテテクとして謙遜するやり方はあるじゃないですか」
松居「その謙遜がパフォーマンスか本気かというのはわかるんですよ」
犬山「でもそれがテクじゃなくて、本当に自分の可愛さに気づいていないとしたら、やっぱりつらい思いをずっとしてきたとか、何か事情があることが多いから、ワケありの子である率が高いということになるんですよね」

好きな男にマウンティングする心理

犬山「私は実は恋愛に対してはそれほどこじれていないんですよ」
松居「そうなんですか?」
犬山「はい。普通なんですよ……普通っていうか、結構すくすくのびのびとしているタイプだと思うんですよ」
松居「勝手に負け美女のイメージが一人歩きしているだけで?」
犬山「それもあるし、4年間彼氏がいなかった迷走期間があって、その間はすっごい恥ずかしいテクニックを使ったり、間違ったメールをしたり、深夜に電話をかけたりもしちゃっていたので、一見こじれているふうには見えるかもしれないけれど、実際は猪突猛進なので、好きになったらそのまま告白しちゃうタイプで」
松居「でもこじらせている人って、自分がこじらせていることにはあまり気づいていないという……」
犬山「それは言えますすねえ……。でもそうか、好きなタイプに関してはちょっとこじれているかもしれないですね」
松居「いや、絶対にそうですよ。そうでなきゃ本は書けないですよ!」
犬山「男の趣味は、自分ではちゃんと理解しているつもりなんですよ。浮気をされるのだけは絶対に嫌なので、心が綺麗であることが第一条件ですね」
松居「条件を一個にする段階で、心が綺麗であることが最後に残ったのは、どうしてなんですか？
犬山「次は結婚したいなと思っていたので……。ずっと一緒にいるなら性格のいい人がいいよなと思ったんですよ」
松居「やすらぎ、みたいな？」
犬山「それもあるし、相手の性格が悪かったら、本当に消耗するから。あとは私自身が、好きな男に対しては性格が悪くなっちゃうので、少しでも性格のいい人と一緒にいれば、影響されて自分もちょっと性格がよくなれるかなーみたいな気持ちで」
松居「なんで好きな人に対しては性格が悪くなっちゃうんですか？　意地悪したくなるっていうことですか？」
犬山「何なんだろう、偉そうなんですよ、私って。偉そうになっちゃうんです。マウンティング？」
松居「あ、マウンティング！」

※【マウンティング】とは
サルがほかのサルの尻に乗り、交尾の姿勢をとること。動物社会における順序確認の行為で、一

方は優位を誇示し他方は無抵抗を示して、攻撃を抑止したり社会的関係を調停したりする（『大辞林』）。『女は笑顔で殴り合う～マウンティング女子の実態～』（瀧波ユカリさん、犬山紙子さんの共著）で、女子同士のマウンティングについて詳しく解説されている。

犬山「彼氏にはマウンティングしまくっちゃって、私エラいでしょ、みたいな感じになっちゃうんです」

松居「それは同性に対しての接し方とも全然違う？」

犬山「全然違いますね。私は同性に対しては下からいくタイプで。同性に嫌われることのほうがこわかったんですけど、今は彼氏に嫌われるのが本当にこわい……。もし嫌われるとしたら、いろんなことが積み重なって嫌われちゃうと思うので、今すぐ性格よくしないと、みたいな。どうしても自分が上の立場であるように接しがちだけど、相手を尊敬するとか、相手に感謝するというところは、徹底してやっています」

偉大なるマヌケ力！

犬山「今は好きな方はいらっしゃるんですか？」

松居「いないっていうか、去年半年ぐらいずっと同じ人に告白し続けてダメで……」

犬山「プッ（笑）。あ、プッとか言っちゃダメですよね、すみません。私本当に性格悪いなあ」

松居「大丈夫ですよ（笑）」
犬山「アハハハ、なんで笑っちゃうんだろう？　そういうことを言われたときに、ほんと大変ですねえ、となる相手と、プッとなれる相手がいて。このプッて笑える感じって何だろう？　なんか、すごくいいオーラなんじゃないですかね？　マウンティングとは逆に無縁なんじゃないですか？　絶対にマウンティングしない感じがします」
松居「マウンティングは、されたらすぐわかるんですよ。だから絶対に自分はしないようにっていうのは意識して……」
犬山「おおお！　徳が高いんですねぇ。笑顔も徳が高い気がするし。なんか、こうお話していても、いいマヌケ感があるなあと思っていて。なんでそれが伝わらないんだろう？　マヌケさを武器にはしていないんですか？」
松居「してないです、それをやったらマヌケじゃないでしょ（笑）。でも僕、本当に好きな女性の前だと、こんなふうには喋れないですよ。カッコつけちゃって」
犬山「マヌケを封印しちゃってる！」
松居「封印……カッコつけている自分に気づきながらも……」
犬山「こんなにいいマヌケ力を持っているのに……！　女の子に、どんなときに萌えるか、キュンとするかをアンケートを取ったことがあって、それがだいたいマヌケな瞬間というか。だからマヌケ力ってスゲー大事だなと思っていて」

松居「でも、マヌケなこととかをねらったらもう、サムいじゃないですか！」

犬山「ねらわなくても、普通にしているだけでマヌケ力があるから（笑）。ほんと失礼で申し訳ないんですけど、すごい褒め言葉で言っていて。なんか、笑顔になっちゃうというか。普通にしているだけでいいと思うんですよ。いいマヌケ力で勝負するのがいいんじゃないですかね？」

緊張したらうどんのことを考えろ！

松居「女の子の前でマヌケ力を発揮するには、緊張しなければいいってことですかね？」

犬山「ああ、緊張しちゃいますよねえ。でも、緊張を解く方法、私持ってるんですよ」

松居「教えてください！」

犬山「うどんのことを考えます」

松居「うどん……？　食べるうどんですか？？」

犬山「そうですね。緊張しているときとか、こわいときって、楽しいことを考えても全然楽しくなくて。でもうどんのことを考えたら、スッとマヌケな気持ちになれたんです」

松居「普通の素うどんですか？」

犬山「そうです、そうです。吉田戦車さんの4コマ漫画で、人が目を離している隙にうどんが動いているというものがあって、それをちょっと思い出したんですよね。うどんが踊っている描写なんかが頭に浮かんでくると、緊張が解ける。でも、緊張っていいことだとは思うんですよ。相手に対して敬意を持っていることだなあと思うし」

松居「たとえば次に好きな人ができたら、こういう事情を全部話してみようかなとも思っているんですよ。『今のオレは本当につまらないんだけど、緊張しているからあんまり喋れないんだ』みたいなことを、目の前で打ち明けてしまう」

犬山「女の子が恥ずかしい時に『恥ずかしい』って素直に言うと可愛いのと一緒ですね。可愛いじゃないですか！」

松居「お、いいですか？」

犬山「緊張を恥ずかしいに変えちゃうっていうのもよさそうですね？　男の子が恥ずかしがっているのもキューンときますし。松居さんは男気あふれる方だなというイメージが結構あるんですよ、自分の中の男気をすごく大事にしているのかなという。相手に対する敬意をしっかり払うとか、そういうのがすごくちゃんとしている人だから、逆に緊張しちゃって相手の前で無礼を働かない行為をされているのかなと。ただ、相手への敬意の払い方を、別のやり方にするというのはあるかもしれませんね」

松居「たとえば？」
犬山「普通に話しかけても相手に敬意を示すことってできると思うんですよね」
松居「なるほど！」
犬山「今日会ってみての勝手な判断ですけど、本当にマヌケ力が高いというか、実はすごい人なのに、私がこんなふうにプッと笑えちゃうってすごいと思うんですよ」
松居「いやいや、そんなそんな（汗）」
犬山「それが本当の武器なんじゃないかなと思うんです。だから何だろう、相手への敬意の払い方として、マヌケ笑顔を本当にふんだんに出すとか……なかなかね、そんなふうにはできなさそうですけどね。自分で何言ってるかわかんなくなってきた（笑）」

どうしたら負け美女とつき合える？

松居「どうやったら負け美女の方とつき合えるんですかね？」
犬山「ええっ!?　自分が可愛いって知っていますよ、負け美女は」
松居「そうか……じゃあ予備軍くらいの」
犬山「負け美女たちは愛おしいですけどね、本当にピュアだし」
松居「切ないですよね」

犬山「そうなんですよ。打算的に生きられたら、美女が負けることはほぼないと思うんですけど、それよりも自分にとっての刺激や面白さを優先してしまうがゆえに、いわゆる愛され系的な生き方ができないというか……だから、恋愛面ではピュアで話も面白くて、なんでこの子に彼氏がいないいんだろう？　っていう子が多いんですよね」

松居「へえー」

犬山「（急に小声になって）でも、負け美女たちの唯一の欠点は、ストライクゾーンがとにかく狭いこと。それも原因ではあるなとは思うんですけど」

松居「べつにそこを負けているとは思っていないんですよね？」

犬山「そうですね。私も『負け』なんて挑戦的な名前をつけちゃったんですけど、プライベートにおいてはすごく充実していて楽しくて……っていう感じの子たちですね。まあでも、恋愛には不器用なんで」

松居「僕はそこがすごくいいと思います。同性相手にはギャーギャー笑うけど、意中の人に対しては、あんまりそういう感じが出せないような」

犬山「それ、自分じゃん！」

女をすり減らせるタイプの男とは?

犬山「松居さんはやっぱり、いくらモテたとしても、自分の好きなタイプの女の子とつき合えないと意味がないと思うんですよね」

松居「好きじゃない女の子とはつき合いたくない……んですけど……」

犬山「新しいタイプもありかな、みたいな?」

松居「自分に言い聞かせることはできるんですよ。基本的に不器用な人が好きだというのはあるんですけど、たとえすごく器用な人だとしても、これは不器用の裏返しで器用にやっているんだろうなと自分に言い聞かせると、すごく愛おしく見えてきたり」

犬山「あー、そうしたら、仕事を頑張っている女の子なんかもよさそうですねえ」

松居「そうそうそうそう、そうなんですよ」

犬山「仕事の頑張りを認めてくれて、優しく支えてもくれそうだし、いい具合のマヌケ感で、同棲していたら帰ってきてこの天パが横にいるなんて、女性からしてもよさそう」

松居「うん、いい!」

犬山「この天パ、なんてヒドいことを言ってごめんなさい(笑)。でも癒される〜ってなると思うんですよ。普段は女の子に対しては、強気なほうなんですかね? つき合った後は? 気難しめですか、それともホワホワ系ですか?」

松居「わりとマイペースになっちゃいますね。なんかこう、下からいっているくせに、自分の意見を譲らないとか。勝手に予定を変えたり」
犬山「気まぐれなんですね」
松居「そうなんですよ。昨日と言っていることが違ったり。振り回したいとかじゃなくて、単純に気まぐれなんです」
犬山「そっかあ……！　それだと女の子の懐が広くないとしんどいですよねえ、戦っちゃいますよねえ」
松居「それにすごくアッパーなときと、すごく暗いときがあって。パフォーマンスではなく、普通に一人になりたいときとかあるじゃないですか」
犬山「でも、つき合う相手にとって、自分が大変なタイプだっていうことは、理解したほうがいいかもしれないですね。私もそうなんですけど（笑）。相手のアップダウンに着いて行かなきゃいけないというのは、すごく大変なんですよ。そういう男性とつき合うと、相当器が大きい女性じゃないと心がすり減りますから」
松居「いや、僕は自分のそういうところにはちゃんと気づいているつもりなんですけど……（汗）。それに、そんなに激しいアップダウンではないですよ、あくまでも笑えるぐらいの！」
犬山「それならいいのか。さっきはマヌケ力が素晴らしいと褒めたけれど、そのあと真逆の性質が出てきたから、わからなくなっちゃったなあ。私がこの数時間で分析してどうこう言える精神構造じゃない気がします。複雑すぎて、いろんな要素が絡み合いすぎていて、全部が本当の気持ちで全部の要素を持っているというか、怪人二十面相的な。いや、難しいわあ、ちょっと……」

ターゲットは漫画家に決定!?

犬山「じゃあとりあえず、デートの場所だけ変えるのはいかがでしょう。松居さんの道義には反するかもしれないですけど、自分の家でデートとか。自分のホームなので多少緊張感はなくなるし、自分の好きなようにできるし、何かが始まる可能性も高いし!」

松居「でも、まだおつき合いしていない女性に対して、いきなりウチでちょっとごはん食べようよって言うのも、アレじゃないですか?」

犬山「まあ基本は来ないと思うんですけど、お互いにいいなと思っている相手であったら、それぐらいやってもいいかなと思うんですよね。招いた相手がそのまま居着いて同棲しちゃうぐらいの勢いで」

松居「あぁー……居着かれたらちょっと困るんですよ」

犬山「えぇ!?」

松居「とはいえ、会いたいときには会いたいじゃないですか」

犬山「うは（笑）そうかあ、仕事をバリバリこなしている女性がいいよねとは言ったものの……どうだろう？　仕事を頑張っていて、なおかつ生きにくそうなタイプといったら、それこそ漫画家や作家の女性とか？」

松居「それは最高ですね。僕は漫画家になるのが夢だったので」

犬山「じゃあもう、漫画家や作家が集まる、そういうバーがあるじゃないですか。そこに出没すれば一発で解決ですよ。今度お連れしますよ、紹介します」

松居「ホントですか!?　ぜひ。何かあるかもしれないし……！」

犬山「もし本当にそこから何かが始まったら、この対談の続編をぜひ！」

反省コラム

犬山紙子さん

「恋愛は宇宙と考え方が近いのかもしれない」

★犬山紙子さんとの対談、あっという間で楽しかった

だんだんと。だんだんとね。だんだん行ける気がしてきましたよ。

犬山さんすごくいい人で、話しててあっという間でした。部屋に入ってきた瞬間からパアっと明るい雰囲気で、こりゃ美女だわ、と思いました。「負け美女」ではない、というのは衝撃でしたけど。でも美人なのに緊張しなかったし、あっという間で楽しかった。これすごい仕事だなオイ。お金払ってもいいぐらいだよ。

対談に関しても、自分のいい面というか、男の武器として認識すればいいものがわかってきた気がします。あそこまではっきり肯定してもらえることはなかったので、自信になりました。でも自分の武器がわかることが果たしていいことなのでしょうか？　わからないからいいんじゃないの？という自問自答はありますが。だって間抜けだってわからないから間抜けなんだよ

ね。でもそんなこと言いだしたらきりがないよ！

★ビジネス非モテ問題……

犬山さんと対談してる時に思ったのが、ビジネス非モテ問題についてどう考えるかということですね。本当に、モテるくせにモテないキャラを売りにしすぎ、とか、発狂するぐらい言われて。いやマジでモテねぇから、って何回いっても信じてくれないんだろうなって思います。ホント、その人の親の敵ぐらいのレベルで言われるんです。

24時間ずっと恨んでいるなら受け入れますし反省しますけど、お前が好きな人と過ごしてる時間には、僕のことなんてとうに忘れてイチャイチャしてるんだろ！と。そんな貴様の楽しく

「モ・テ・る！　モ・テ・る！」「やめろおおお」

てエロい時間も、僕は暗い部屋で一人こんなコラムを書いてるんだよ！と言ってやりたいです。

★最近じゃ女子と話す時も、もう関係ねえやって

でも、もうここまでくると開き直ってきましたね。最近じゃ女子と話す時も、もう関係ねえやって、緊張するからつまらないんだと思って、もう野郎友達ぐらいの感覚で話すようにしてます。だいぶ楽になりました。

もちろんモテたいからちょっとうまくいかずに下手くそな感じになりますけど。でもそれも、「あ、今下手くそなかんじになってるな」と気づけているから！　それは気づけていない所とは全然違うから！

これは、一人の男としては小さな一歩だけど、モテない男の生き方にとっては、偉大な一歩である！ってね。そんな感じの事を初めて月面に立った人も言ってました。アームストロングこの野郎。

★結局、恋愛は宇宙と考え方が近いのかもしれない

結局、恋愛は宇宙と考え方が近いのかもしれませんね。女性という未開の地へ到達するための宇宙ロケットを開発して、自信という名のたくさんの資材を使ってロケットを制作して、で

もその資材を作るためには、お金とか学歴とかファッションとかスポーツとか、具体的なくだらねえ材料が必要になって。そしてそれと同時に、無重力訓練やシミュレーション訓練を繰り返すように恋愛映画を見漁って。

いざロケットが出発しても、途中で爆発したり、何かを犠牲にしたり。それでも人は宇宙を目指すという。そういうことなのかもしれませんね。星の数だけ女がいるって言いますしね。星なんて東京じゃぁあんま見えねえじゃねえかって思いますけどね。でも見えないと聞かされていたけど見えないこともないんだなって名曲もありますしね。

そうなってくると恋が月で愛が太陽なんですかね。そう思うと、愛に触れることなんてできないのかもしれませんね。愛は気づかないうち

「恋愛という宇宙へ……」

に浴びていて、手に入る物ではないのかもしれませんね。

ちょっとこれ中学男子っぽいですね。こういうことを考えてるからダメなんですかね。でもこういうの好きなんですよ。でも「こういうの好きだけど女子受けしないからやめとこう」なんて考えるのはやめましたよこちらは。ええ。もうどんどんそういうのもさらけだすよ。全然気にしないよ。

さて、いい方向に向かってるのか迷っているのかわからなくなってきましたが、自分としてはかなり進んでる気がしてるこの状態。どんどんカオスにしてしまえ！

VS
マキヒロチ

マキヒロチ

第46回小学館新人コミック大賞入選。ビッグコミックスピリッツにてデビュー。現在@バンチ（新潮社）にて「いつかティファニーで朝食を」、ゴーゴーバンチ（新潮社）にて「創太郎の出張ぼっちめし」、ヤングマガジンサード（講談社）にて「吉祥寺だけが住みたい街ですか？」などを連載中。

なんか見えたような見えてないような気分になってます。

精神論的に考えを整理しだしているのはよくわかるんですが、結局、具体的にどうすればいいのかは、わかってないんですよ。

異性との食事でどう振る舞えばいいのか？　付き合っている時に何をしたらいいのか？　そういうことも含めて、同じ創作を生業としている漫画家の！恋愛の猛者に聞いてみたいと思ってます。

次は、漫画界の恋愛タイガーマスク、マキヒロチさんです！

マキさんと松居は、Web連載時の題字を書いてもらった石原まこちんさんとの食事会で紹介してもらって。その時のオーラから、『この人はきっとヤバい恋愛を経ている！』という直感があったので、ぜひお願いしたいと思っていました。

むきだしにぶつかって！　いっちゃってください！

何をもって童貞とするか？

松居大悟「三年ぶりぐらいですか？」

マキヒロチ「そうですね。（漫画家の）石原まこちんの紹介で会ったとき以来かな？」

松居「あのときはまこちんさんに、この人には絶対に会っておくべきだよ、きっと価値観が変わるからって言われてて。この連載を始めようとしたときも、マキさんには絶対にゲストに来てもらおうと思っていたんですよ」

マキ「ホントですか？　ありがとうございます。でもそれならどうして第一回目のゲストじゃなかったんですか？」

松居「いやいやいやいや！　まずはちょっとエンジンをかけてからと思って……」

マキ「そうですかー（笑）。ところで松居さんの恋愛の現状は、この連載ではどのぐらい明かされているんですか？」

松居「情報的には、三年前にマキさんに話したものと同じぐらいの内容は共有できていると思います」

マキ「ということは、まだ童貞なんですか？」

松居「それはちょっと……まあまああ（汗）」

マキ「まだ守られているんですか？」

松居「心が一つになった段階で童貞じゃないとするならば、もう……」

マキ「あぁー……。じゃあ率直に『童貞ですか？』と聞かれたら、どっちですか？」

松居「シロかクロかってことですか？　自分では童貞じゃないと思っているけど……君はどう思う？　みたいなとこですかね」

マキ「アハハハハハ、そうですかー。じゃあ童貞じゃないですね！」

松居「お、ありがとうございます！」

男嫌いの正体とは？

松居「マキさんは男性が嫌いだとおっしゃっていましたけど、それは本当に嫌いなやつなのか、好きの裏返しで嫌いのやつなのか、どっちなんですか？」

マキ「男友達といる方が気楽だったり、さみしさを男の人でしか埋められない人っているじゃないですか。私はそれがよくわからなくて。まあ単純に女の子のほうが好きなんですよ。可愛いし優しいいし、イイ匂いがするし。仕事のアシスタントさんが、男と女で同じミスをしたら、そのときの対応は全然違いますね、怒りの度合いが」

松居「えぇー!?」

マキ「女の子だったら〝しょうがないなあ〟という感じですけど、男の人だったら『マジで何なの？　何回同じミスをするつもり？』みたいな」
松居「アシスタントは男も女もいるんですか？」
マキ「男、ばっかりですね」
松居「女だけにすればいいじゃないですか（笑）」
マキ「結果的におじさんばっかりになっちゃって。だから『いつかティファニーで朝食を』は、おじさんみんなで描いているんですよ（笑）」
松居「おじさんがお洒落なパンとか描いてるんだ（笑）」
マキ「そう。でも、おじさんを怒ったりしなきゃいけないのはやっぱりつらいし、怒っている人自身もみっともないと思うから嫌なんですけど、それでも堪えられないぐらいに男への怒りが強いですね」
松居「若い男でも？」
マキ「若い子も嫌ですね」

仲間とだったら恋愛できる？

松居「どうしてそんなに男が嫌いなんですか？」
マキ「男に関してはいろいろとトラウマがあるんです。まず父親と一緒に暮らした経験がなく、小学生のときに同級生の男子にタコ殴りされ、電気グルーヴの『ブス女（B・A・S・S）』を聴いて——『君はとってもブスだから～僕の後ろを離れて歩け』という歌詞なんですけど——、男とはとにかくヒドい生き物なんだという考えを植えつけられたんです。電気グルーヴは大好きですけど。だから男への恐怖心は大きくて、基本的に宇宙人みたいな感じで、よくわからない存在」

松居「でも恋愛はするわけですよね？」

マキ「たとえば、『あなたが好きです』『え、私のことを!?』『僕も電気グルーヴ好きだし』『もしかしたらこの人は私の仲間かもしれない……！』みたいに、仲間として契約を結ぶような流れになると、男の人でも好きになります」

松居「ああ、そういうことなんですね。なんかわかります。女の人に傷つけられるかもしれないと思って自分をガードしちゃうんですよ。そういう部分さえも認めて受け容れてくれる相手だったら、こっちも心の鉄の扉を開けて行けるんだけど……」

マキ「でもその扉の中に入れる男の人は、私の場合は一人しかいないんですよ」

松居「……えっと、つき合う人ってことですよね？」

マキ「もしくは、長年の男友達。10年間ぐらい親しくしていて殴らなかったから今後も殴らないだろう、と思える実績のある人であれば（笑）」

松居「たいていの人は殴りませんよ（笑）」
マキ「でもやっぱり怖いです、男の人が。私が敵対心を抱いているから、男性のほうも私のことを怖がる人は多いですよ」
松居「ふーん。でもマキさん自身は、『殴られるかも！』みたいな怯えたオーラはまとっていないですよね？」
マキ「多分、『殴らせないぞ！』という気迫で武装しているんだと思います」

好きな人にはどう近づく？

――これまでおつき合いしてきた方とはどういうふうに知り合ったんですか？

マキ「最初につき合ったのは、中学のときの同級生でした。卒業した後に、卒業アルバムの住所を見て、相手のほうから連絡をくれたんです。それまでの私はクラスの中でいじめられたくないし、誰かをいじめたくもないから道化のポジションを歩んでいて、女としては見られないような生き方をしてきたから、すごくビックリしましたね」
松居「でも、意外とそういうタイプの人を女として見ている男もいるんですよ。ただ、そういう奴は自分の思いを露にしないので、相手にも伝わらないと思うんですけど」
マキ「イメージ的には『ゴーストワールド』（01）のヒロインのイーニドみたいな生き方をし

ていたんですけど、相手の男の子は学級委員だったんですよ！　結構目立つタイプの人だったんですけど、一度仲間だと思えたら、それからは一途に着いて行きますね」

松居「じゃあやっぱり好きなんじゃないですか？　男の人が」

マキ「彼氏という生き物限定ですね。こんなことを言ったらイヤな感じに聞こえるかもしれないですけど、基本的に男の人が好きじゃないし、自分に自信もないので、自分から告白したことは一度もないんです。たまにそこをこじ開けてくれる人が現れるという感じで」

松居「もし自分からつき合いたいと思う人が現れたらどうするんですか？」

マキ「見ているしかないですよねえ。考えてみたら、『好きな人』はやっぱりあんまりいなかったかなあ。お互いに何となく惹かれ合う、というのはありますけど、一方的に好きになるということは、大人になってからはないかもしれないですねえ。松居さんは好きな人にはどう近づくんですか？」

松居「僕は脚本とか書いているときに、ずっと一人で作業していて異常に寂しいから、無性に会いたくなったりするんですよ。ものすごい承認欲求というか、相手に読んでもらって『いいね』と言われたいみたいな気持ちから、会ってみたりしますね。そういうのはあんまりないですか？」

マキ「自分の漫画を読んで欲しい、みたいな？　うーん、私の場合は恋愛で認められたいと思うものが漫画じゃないのかなあ。好きな人に自分の漫画って見せたことないかも！」
松居「えー⁉」
マキ「あなたに一番に見せたいよ、みたいな気持ちはないかもしれない」
松居「そうかあ。僕はずっとモテたいエネルギーで創作を頑張るようなところがあったんですよ、チヤホヤされたいみたいな気持ちが原動力となって。そういう創作の元となるようなエネルギーってありますか？」
マキ「創作のエネルギーは……あ、この前サイン会をやったんですけど、可愛くてお洒落な女の子がいっぱい来てくれて、マジで嬉しくて！　こういう子たちにもっと来て欲しい！と思いました。だから可愛くてお洒落な女の子に認められたいですね」
松居「へえ、男の人よりも？」
マキ「そうですねえ、やっぱり可愛い女の子が可愛いお菓子を持ってサイン会に来てくれたほうが、いいじゃないですか（笑）」

始まりはタイミング次第

松居「今の彼氏とはどこで知り合ったんですか？」
マキ「私の師匠で花津ハナヨさんという人がいるんですけど、彼女と旦那さん夫婦のパーティーで出会ったような感じで。実はそれより4～5年前にも一度会っていて、その時も食事に誘ってくれたりしたんですけど、当時は他に好きな人がいたので断ってしまって。でもその好きな人とはうまくいかなくなって、その頃また再会したので、じゃあごはんに行きましょうみたいなところから始まったんです」

松居「扉の中の人が出て行った後はどんな状態でしたか？　しばらく空っぽにしておきたかったりします？」

マキ「そうですねえ、前は別れた後の扉が結構閉まっていたんですけど、そのときは放心状態でガバーッと開いてましたね」

松居「逆に開きっぱなしだったんだ（笑）」

マキ「そう（笑）。もう廃人みたいでしたね。それまでは4歳年下の彼と遠距離恋愛をしていたんですけど、相手が全然私のことを好きじゃなくて、長くつき合っていたわりにはずっと私の片思いみたいな感じで」

――自分からは告白せずに、自分のことを好きじゃない相手と、どうやっておつき合いが始まったんですか？

マキ「最初は相手も好きっぽかったんですけどねえ。『いつかティファニーで朝食を』の4巻に文学少女が出てくるんですけど、彼女の失恋はほとんど自分のことを描いたような感じで。

漫画の中の二人はつき合っていないんですけど、私自身はつき合っていながら片思い状態で、彼はずっと他に好きな人がいたんですよね。結局『ぶっちゃけて言うけど、ずっと前からずっと好きじゃない』と言われて。結構頑張ったのになあ……って感じでボケーッとしていたら、いろんな人が扉から入ってきては出て行った、みたいな（笑）」

松居「カギもかかっていないから（笑）」

マキ「そんなところにずっと通ってくれるような人が現れたから、つき合い始めたという感じです」

松居「へえー」

自分と違う人に惹かれる？

マキ「私の今の彼は、私のブスでデブで面白いところがいいらしくて」

松居「どういうことですか？」

マキ「彼は放送作家なんですけど、彼の業界ではモデルとか若くて美人な女性を彼女にするのが一つのステイタスのようになっていて、それをダセェと思っているようなちょっとヒネくれた人なんです。だから私のことを『君はそうじゃないんだ』と言っている彼自身が嬉しそうなんですよ」

松居「ややこしいですね（笑）」

マキ「あと、漫画を描いてるということをリスペクトしてくれてます。でも、さっきの話に戻りますが、漫画を認めてもらいたいというより相手が何を喜んでくれるかによって、恋愛の仕方は変わっちゃうかも。彼氏が料理を喜んでくれる人だったらそれを頑張るし、会うことが一番の人だったら、少しでも会えるように努力するし」

松居「おおー！」

マキ「私は元々掃除が大の苦手で、部屋の掃除なんか2～3ヶ月に1回しかしてなかったんですが、彼と暮らし始めてから家が汚い！と怒られて、最近では2～3日に1回家中をクイックル・ワイパーかけてます（笑）」

松居「へえー。これは男目線ですけど、マキさんには相反する二つの要素が流れている気がして。男が嫌いと言いつつも彼氏にはすごく尽くすし、相手の好きな自分になろうと努力する。その二つがお互いに引っぱり合っているから、異性に対する興味というのは、絶対に高いと思うんですよ。それは漫画を読んでいてもわかるし、作品にちゃんと還元されているということだから、健全な気はしますよね」

マキ「ああー、なるほど」

松居「彼氏の仕事はチェックしますか？」

マキ「見ますね」
松居「感想を言ったりはしない？」
マキ「面白いときはすごい言います、ツイッターで全世界に向けてつぶやいたりもします（笑）。松居さんがかつてつき合った人は感想を言ってくれましたか？」
松居「……全肯定してくれました。全肯定してくれたから、どんどん好きになっていったんですけど。でもこの対談シリーズを経て、そういうところに甘えてはダメなんだと思うようになりました。そこに甘んじようとするから、自分を甘やかして、自分が王様である状態を保とうとしてしまうんじゃないかと思って」
マキ「全肯定してくれる人と、自分にはない視点をもたらしてくれる人と、今はどっちを求めているんですか？」
松居「一周回って、相手が自分に興味がなかったりするのも、意外と燃えたりするなあと思っていて。褒められてウフフみたいな状態になっているのは、調子に乗り続けてしまうんで」

「会えないの？」って言われたくない

松居「女性はつき合うと恋愛が一番になりがちじゃないですか。僕はどうしても常に一番にはできなくて、それでモメることが結構多くて……」

マキ「女はそういう生き物だとは割り切れないんですか？」
松居「恋愛が一番の生き物として？」
マキ「うん」
松居「いや、割り切るんですよ。最初は割り切るし、つき合うときにも言うんですよ。仕事優先になって、連絡が取れなくなるときがあるかも、と」
マキ「そこで相手は『そんなのイヤだ〜』とは言わないでしょ？」
松居「ぜんぜん」
マキ「『全然いいよー』って言うでしょ」
松居「むしろ『頑張って！』みたいな」
マキ「それが信じられないんでしょ？」
松居「いったん信じる！　いったん信じるけど、しばらくたって忙しいときに『会えないの？』みたいな連絡が来ると、ちょっと話が違うなと」
マキ「でもそれは、女としては、あんまり『会えないの？』って言わないのもちょっと可愛げないかなあと思って、何となく、まぁたまには言っておくか！ぐらいの感じじゃないの？」
松居「あ、それだったらいいんですけどね」
マキ「そうじゃないんですか？」

松居「いや……どっちだったんだろ」

今日からできる、一日一個スタンプ作戦！

マキ「とはいえ恋人同士は、少なくともどっちか一人は相手の様子をうかがっていないと、二人がバラバラになっちゃいません？」
松居「恋愛ってちょっとずつちょっとずつ積み重ねるじゃないですか。それが僕は苦手で。毎日コツコツとポイントを貯めるんじゃなくて、休みの日や記念日に頑張って、一気に稼ごうとしちゃうんですよ」
マキ「『会えないの？』って言われたくないんだったら、リスクヘッジを自分でしちゃったほうがいいんじゃないですか？」
松居「どうやって？」
マキ「絵文字のスタンプだけでも一日一個は必ず送る、とか」
松居「あ、そうなんですか⁉」
マキ「うん。あ、生きてるんだ、ちょっとは思い出してくれたんだ、と思えるぐらいでいいんじゃないですか。【あ】とか【う】とか一文字でもいいし」
松居「【あ】でも【う】でもいいんだ！」

マキ「朝起きた瞬間に送る、ごはんを食べるときに送る、と習慣づけておけば」

松居「それって何なんですかね？　それは恋愛なんですか（笑）？」

マキ「わかんないけど（笑）。でもさ、いつも松居さんのことを考えてくれる奇特な人がいらっしゃるとして、その人が『今日は松居くん何してるのかなあ？』みたいに思っているところに、一言でも送られてたら気分も盛り上がるだろうし、満足して自分の日常に戻りますよ」

松居「そういうことか。そこでメールのラリーをする必要はないんですか？」

マキ「うん。もし彼女から同じように返ってきたら、それは無視してもいい」

松居「【い】って返さなくてもいい？」

マキ「いやいや、そこで終わらせていい（笑）。そういう形でリスクヘッジしていけばいいんじゃないですか？　溜めなきゃいいじゃん」

松居「なるほどなるほど、日常生活の一部にしてしまえば」

マキ「その相手と長いスパンでつき合っていきたいならね」

〝覚えてるよ〟の気持ちを送る

松居「一日一スタンプができたらいいなとは思うんですけど、でもなんか、忘れちゃいそうなんですよね……」

マキ「だったらアラームでもかけておけばいいんじゃないですか？」
松居「ああー」
マキ「外で飲んでいたとしても、アラームが鳴ったからスタンプ一個だけ送っておこう、みたいな」
松居「それって女性的にはウザいみたいには思わないんですよね？」
マキ「ぜんぜん。ウチの場合は特に連絡はしなくても、寝る前だけに毎日スタンプを送り合ってます」
松居「マキさんが送って、相手からも返ってきて？」
マキ「その日によります。早く寝るほうが先に送ります。『好きだよ』というより、『覚えてるよ』という気持ちでいいんじゃないですか？」
松居「考えてるよ、っていうことですよね」
マキ「だって、一日に一秒ぐらいは思い出すでしょう？　それを相手に教えてあげたらいいんじゃないですか？」
松居「そうですね！　それを僕は邪な気持ちとして排除しちゃってましたね……お互いに忙しかったらそういうルールを作ったほうがいいのかも」
マキ「そのやり取りは相手が彼女じゃなくても、友達だって嬉しいじゃないですか。なんなら彼女だと思わなければいいんじゃないですか？」
松居「何を言ってるんですか（笑）」
マキ「彼女だと思うから重たくなるんじゃないの？」
松居「ああ、それもちょっとあります、気負いというか」

一回でいいからキスしていいですか？

松居「前に好きだった人に、半年間で三回告白してフラれていて」
マキ「それはどうしてなんですか？」
松居「月一ぐらいで一緒にごはんを食べたり映画を観たりする状態が続いていて、三ヶ月目にこれははっきり言おうと思って呼び出したその日に、彼氏がいることを知って。でも別れて駅の改札を通った瞬間に、今日言わなきゃもう終わりになると思って引き返して告白したら、10分ぐらいの沈黙の末に、彼氏と別れる予定はないと言われて」
マキ「うん」
松居「そのときに、これはちょっとクズな話なんですけど――もういっそのこと嫌われようと思って、『一回でいいからキスしていいですか？』って聞いたんです。そうしたら『マジで無理です』と思いっきり引かれて……。でまあ、この物語は終わったなと思っていたんですけど、その後でメールを送ってみたら返ってきたんですよ」
マキ「うん」
松居「それで一ヶ月後ぐらいに会ったら、またちょっとイイ感じになったので、帰り道にもう一回告白してみたんです。そうしたら『彼氏がいるって言ったじゃないですか』と、怒られるような感じになって。だからあきらめるためにまた嫌われようと思って、今度は手をつなごうとしたら、それも思いっきり拒否されて」
マキ「うん……（笑）。三回目は？」
松居「三回目は……この状況でこれ以上押しても無理だから、引かなきゃダメだとアドバイスされて、『好きな気持ちはあるけど、もうそういうことは言わないから、これからも会って欲しい』というようなことを言ったんです。……そうしたら彼女が『じゃあもう連絡を取らなければいいんじゃないですか？』と。その後はメールを送ってももう返ってこなくなって……わりと引きずってるんですよ」
マキ「その彼女は、どんな職種の方だったんですか？」
松居「仕事関係、しかも仕事的には僕のほうが立場が上だったんです。そりゃ僕がメールを送れば返してくれるし、僕が会おうと言えば会ってくれるんですよ」
マキ「権力を誇示して、断ったらマズい感じで迫ってたことになってたんじゃないですか？

（笑）」

松居「そうなんです！……というのは、後になって気づいたんですけど。あ、オレのことが好きで会ってくれてたわけじゃなかったんだって。完全にもう、パワハラみたいな……そりゃ断れないやり方になってたんだなと（笑）」

マキ「彼女はどうして何度も誘いにのって来るんだろうなと思っていたんですよ、話を聞きながら。やっと合点がいきました」

癒しよりも冒険したい

マキ「松居さんはこの連載を通じてどこへ向かおうとしているんですか？」

松居「それはもう、結婚ですよ！」

マキ「結婚……」

松居「そこは夢の話ですけどね？　でも目標はそれぐらい高く持たないと進んでいかないので（笑）」

マキ「なるほど。じゃあとりあえずは、自分とは職種も趣味も違う人をゲットすることが、次の目標ですね」

松居「自分の知らない世界を見せてくれるんじゃないかという人とワクワクしたいっていうか。

癒しみたいなものよりも、冒険したいというか」
マキ「冒険……どういう人がいいんだろうな、イモトアヤコさんみたいな人とか？」
松居「それはまた極端なところを！　たしかに、物理的には行ったことのないところに連れて行ってくれるかもしれないですけど……（笑）。でも漫画家もわりと特殊な職業じゃないですか。関わる人はたいてい漫画関係になりませんか？」
マキ「男性の漫画家はアシスタントの女性と結婚したりする人が多いんですよ。でも女性の漫画家で同業者の男性と結婚する人は、あまりいないですねえ。周りだと、全然違う職種の人と結婚しているほうが多い気がします」

彼氏の有無はいつ聞く？

マキ「じゃあ、これから恋愛を始めたいと思う人ができたらどうしますか？」
松居「まずは一緒にごはん行こう、じゃないですか？　ただ、そこでの時間の過ごし方がやっぱりわかっていないんですよね」
マキ「もし漫画家の女性を口説くとしたら、どんな会話から始めますか？」
松居「その人の描いた漫画の感想を話すところからですね」
マキ「なるほど、好かれたい、というところから。じゃあ私がその話に興味がなかったとしたら、どうしますか？　趣味の話とかにします？」
松居「そうっすね、そうっすね。で、どこかに自分の話を滑り込ませて食いつくかどうかを見て、食いつかなかったらおだてて話を聞くキャラみたいになって……」
マキ「うん、うん。じゃあ二時間のうち、最初に相手の漫画の話、次に相手が興味のある話、最後は何にしますか？」
松居「あーどうしよう……。うーん、そうしたら相手のプライベートについての話ですよね。外側の話は大体終わったから、あなた自身の話を聞かせてくれと」
マキ「彼氏がいるのかどうかは、いつ聞くの？」
松居「聞かないです、聞かないです！」
マキ「聞かないの!?　え、ダメじゃん（笑）」
松居「聞けないっすよ。だって一緒にごはんに行ってみて、僕に恋愛対象としての可能性はないなと思ったら、自分から彼氏の話をするもんじゃないですか？」
マキ「女のほうから？　じゃあ相手が勝手に喋るのを待つ？」
松居「そうそうそうそう」
マキ「喋らなかったら？」
松居「彼氏はいないんだろうなって勝手に判断します」

マキ「でもさっきの話に出てきた彼女にはいたんでしょ?」
松居「そう、いたんですよ……!」

下心は全開にしていくべし!

マキ「自分からは言わない人もいるよ? チヤホヤされたい女の人はいっぱいいるから」
松居「いつ、どのタイミングで聞けばいいですか? いきなり聞いたら、〝あ、コイツ来たな⁉〟と思われるじゃないですか」
マキ「いや、だから、下心のある人のほうがモテますよ、絶対」
松居「あ〜やっぱりそうか!」
マキ「目的のわからない人のほうが嫌ですよ。この人は自分を口説きにきているのか、人間として興味があるだけなのか、まずハッキリさせて欲しいですよね。だからできるだけ早いうちに『君は彼氏はいるのかい?』と……」
松居「そうか、じゃあ序盤に聞いたほうがいいんですかね? その会の主旨として、オレは君を恋愛対象として見ているから、そのつもりでここから二時間いくぞということを、最初に明らかにしたほうが」
マキ「うん、うん。そのほうが女の子も内心では嬉しいはずですよ。もう席に着いた途端に

『いや〜なんか二人っきりで僕らカップルみたいだけどゴメンね？　彼氏いなかった？　大丈夫？』みたいな感じで」

松居「あ、それいいじゃないですか！　自然だなあ、それ！」

マキ「彼氏がいたらいたで、そのまま友達として接していけばいいし、『いないですよー、だから誘ってくれてほんと嬉しい！』なんて言ってきたら……」

松居「それいいなあ！　『彼氏いない？　大丈夫だった？　ゴメンね？……』（練習中）」

マキ「今年はどんどん出していきましょう、下心を」

反省コラム

マキヒロチさん

「恋の戦い方は状況で変わる！」

こんにちは！　少し残念な反省コラムの時間ですよ！

「ああ残念」「対談じゃねえのかよ」「テンションがうぜーな」ああ待って！　ページめくらないで！　確かに対談の方が面白いけども！　コラムなんてなくせっていう方法もあるけども！

僕が正気を取り戻して、再び歩き出すためにこの時間は必要なんです！（正気なんて取り戻さなくていいからボロボロになれよ、とも言えますが。そんなこと言うなよ！）

★付き合う前と後では戦い方が全然違う

やっぱマキさんはすごかったですね、なんというか、シンプルに筋が通っているというか。

男が嫌いだとはっきり言うからこそ、男に対して差別もしてないし否定もしてない気がする。僕は考え方が逆な気がして、だから自分は最低なんじゃないかと……。

でですね。考えたんですよ。もじゃもじゃの頭で考えたんですよ。マキヒロチさんとの対談を経た後、自分の中で整理してみたんですけど、付き合う前の相手と、付き合ってからの相手っていうのは、戦い方というのが全然違うような気がしていて。

付き合う前の人に対しては、〝下心〟をわかりやすく見せる、っていうことですよね。下品にならない程度に、自分の意志というか気持ちをはっきり見せる。で、付き合ってからの人に対しては、マキさんが「『好きだよ』より『覚えてるよ』という気持ち」、って言っていたよ

「おう……うまく戦えよ……」

うに、好意というより相手への誠実な姿勢を示すってことだと思いました。

付き合った後の相手に対して、気持ちを伝えるのはやはり体力がいるし、下心を見せ続けてもただ性欲あるだけのヤツみたいに誤解される可能性がありますもんね。付き合った後は、安心を求め合うべきなのかもしれません。状況に応じて戦い方を変える必要がある。

★恋は夜のスポーツ？

スポーツでは当たり前の事ですよね。リードしている時と、ビハインドな時で戦い方を変えるのは当然で、そう置き換えるとイメージしやすいです。

恋は夜のスポーツだ。

いや、これはただちょっと名言的なことを言ってみたかっただけです。恋はスポーツなんかじゃない。しかもなんかちょっと下ネタみたいになってしまった。スポーツに失礼ですよね。

恋は、夜の、スポーツだ。

ちょっと句読点を入れたら雰囲気変わるかと思ってやってみたけどダメでしたね。よりエロい感じが、『ポ』ぐらいで言ってる吐息が聞こえてきてとてもいやらしいです。もうスポーツに土下座ですね。ごめんスポーツ。違う違う、脱線した！　反省コラムだろ！　おい松居！

★女性との距離感によって、理想の振る舞い方は変わる

つまりですね。僕がダメだったのは、色んな人に相談して色んなことを言われた時に、もちろん同じことなんて言われなくて、それで自分の中では処理できてなかったんです。それもこれもしたら矛盾しちゃうじゃねえかよ！みたいな。

でもこれは、大前提となるその女性との距離感を考えてなかったからではないでしょうか。それで頭がゴチャゴチャになっていたんです。出会うときはこうあるべき、告白するときはこうあるべき、付き合ってる時はこうあるべき、と状況によって振る舞い方の理想の形が全然違うんですね。

ああ視界がクリアになってきた。いける、いけるぞ。

では今までの自分の何がダメだったか？

恋愛なんて、ずるい奴が勝つんですよね。というかうまく下心を見せられるような奴らが。こっちの大切すぎて緊張して身動きできない、なんて一方的な気持ちなんて汲みとられず、毎日毎日卑猥な夜が重ねられてるんだと。それなのに、僕は恋愛に、ロマンチックなものを求めていたんですよ。

「紳士的であるべきか」、「獣的であるべきか」の岐路に立った時、獣である状態で拒まれた場合、もうショックで立ち直れない、傷つきたくない。そのため、好きだから手を出さない（出

せない）という、「紳士である」状態をキープしていたわけです。チキンなだけなのに、「紳士」に寄りかかってごまかしていたのです。

だからダメだったんだよ！　何もしなかったら何も生まれなかったんだよ！　こういうの義務教育に組み込んどけよ！　教育委員会めー！

あれ……これもういけてるんじゃない？　自分がどうダメだったかもう解決してるんじゃない？　恋愛においての振る舞い方が見えてきてるんじゃない!?　恋愛偏差値が上がってるってことじゃない！　これいけるんじゃない！

VS 大森靖子

大森靖子（オオモリセイコ）

愛媛県生まれ。弾き語りスタイルでの激情的な歌が耳の早い音楽ファンの間で話題を集め、2013年３月に1stフルアルバム『魔法が使えないなら死にたい』を発表し、同年5月に東京・渋谷CLUBQUATTROでワンマンライブを実施。なぜかTIFに出演したり、重度のハロヲタと公言したり、レーベルや事務所に所属しないままチケットをソールドアウトさせ、大成功に収める。自身がボーカルを務めるロックバンド、THE ピンクトカレフでの活動も継続中。同年12月11日には自らが主催するPINK RECORDSより、プロデューサーにカーネーション直枝政広、ジャケット撮影に蜷川実花などを迎えた2ndフルアルバム『絶対少女』を発表。2014年12月3日エイベックスより『洗脳』でメジャーデビュー。

だんだんと恋愛に前向きになってきた気がします。ていうか調子に乗ってきてますね。

これは単に、恋愛相談した直後に具体的にどうすればいいか見えたからもうイケるぜみたいなそういう愚かな無双状態ですね。

ここでコイツがちゃんと話せるかどうか、ちょっと近い人との対談をしてみましょうか。

音楽界の愛しき暴れん坊、大森靖子さん！

もともと松居が大森さんの曲を好きだったようですが、『ワンダフルワールドエンド』という映画で一緒に作品作りをしたようで。

その時にも色々話したみたいですが、その頃から割と追い込まれていたようです。

その上に恋愛の話をするならば、かなり深い話ができるかもしれません。

天狗をボロ雑巾みたいにしてください！　どうぞ！

大森靖子、恋愛を語る！

大森靖子「あんまり恋愛の話したことないんですよね、私」

松居大悟「そう？　聞かれないいんすか？」

大森「聞かれない」

松居「聞いたら怒られると思われてるんじゃない？」

大森「べつに、全然聞いてもらっていいんですけど……でもそんな大した恋愛はしてないですよ？」

松居「いや、今日はちょっと、大森さんのやわらかい一面を引き出したいなと思っているので……！」

大森「フフフフフ！」

松居「初めて大森さんのＰＶを監督することになって準備していたとき、ひたすら曲を聴いたり、いろいろ映像を見たり、ブログを読みあさったりして、大森さんはどんなことを考えているんだろうと一人で想像していて……」

大森「そう、松居さんと最初に会ったとき、『大森さんに対する気持ちを高めている最中だったから、できればまだ会いたくなかった』みたいなことを言われて。そういう感情をコントロールできる人なんだ、自分に似ているなと思ったんですよ。自分でコントロールしながら人を好きになったり嫌いになったりすることが、私もわりとできるので」
松居「そういうふうにして高まった感情が、実際に会って壊れちゃったらヘンな感じになっちゃうから、（会うのは）まだ早いまだ早いと思っていて」
大森「壊れなかったですか？」
松居「壊れなかったです。いい匂いがするなぁと思いました」
大森「アハハハ！　やだわぁ、恥ずかしい……（笑）」

こじらせ男子にも需要はある？

大森「松居さんはやっぱり、理想が高いから童貞をこじらせちゃったんですよね？」
松居「うーん。でもその理想っていうのも……」
大森「一般的なものじゃなくて、自分にとっての、ですよね？」
松居「お、話がわかるね！」
大森「私もそういう男の人を好きだった時期がありました、カワイイなと思って」
松居「かつて？」
大森「かつて！　今はもう、そういう人はヒドいなって思います（笑）。でも、こじらせ男子を好きな女子は常にいるんですよ。そういう子はたいてい自分もこじらせているから、よりこじらせている異性を見て安心したい……という時期が私にもあって（笑）。20歳ぐらいの頃かな？　当時は本当に童貞っぽい男の人ばっかり好きになってました」
松居「ああ、そう！」
大森「私の場合はこじらせていたというより、被害妄想でしたね。自分は普通の女子がする普通の恋愛をしてはいけない、という思いがなぜかずっとあったので。ストレートなアプローチじゃダメだろうと勝手に思い込んでいて、わざわざ面白いことを言ったり、可愛いとかじゃない魅力を追求しないとどうにかならないだろう、みたいな」
松居「うんうんうん」
大森「あとインターネットが好きすぎて」
松居「ん、どういうこと？」
大森「たとえば同じ高校の同級生とか、今だったら同じ業界の人が相手だと、面倒くさいんですよ。だからとにかく生活圏の違う人とネットで会いたい、みたいな願望があって」
松居「ネットで本当に出会えるんすか？」
大森「出会えますよ。高校時代は東京に対する憧れみたいなものがめちゃくちゃあったから、とにかく東京に住んでいる人と連絡を取りたくて。バンドの掲示板が好きだったので、そこにいる東京在住の人とずっとメールをしていたり。そうしているうちに、何だか知らないけど、つき合うことになっているんですよ。ただメールしているだけなのに！」

松居「実際に会ってはいないんでしょ？」

大森「いや、会った人もいたんですけど……当時はネット上で10人ぐらいとつき合っているみたいな状況になってて（笑）。それが楽しすぎて、学校でもずっと携帯をいじってたんですよ。しかも学校を休みがちだったから、アイツは援交をしている、みたいなウワサが立ったりして……まあ、あながち遠くはないけど違うじゃないですか（笑）。そんな感じでした」

松居「でもその10人ぐらいの人たちのことを本当に好きだったわけじゃないんでしょ？　そういうやり取りをしているのが楽しかっただけでしょ？」

大森「うん。だから歪んでいますよね。自分のその歪んだ感じを、東京に来てからは、ずっと童貞にぶつけていたんですよ。私より歪んでいる人ってもう童貞しかいなかったので」

松居「真っすぐだね（笑）」

大森「そうか、ある意味真っすぐだ（笑）！」

男はフラれると追ってくる!?

松居「その歪みはいつ直ったんですか？」

大森「とある童貞の人とつき合って……3年ぐらいつき合ったんですけど、ひとしきりその人をボロボロにしてスッキリしたっていうか」

松居「何だよ、それ（笑）」

大森「最終的にその人は、私が卒業制作でめっちゃ忙しいときに、他の女の子と遊んで浮気を始めたんですよ、童貞だったくせに。私しか経験がなかったから、この人でいいんだろうかという思いがあったみたいで。でも私は精神的に余裕がなかったし、切り捨てたんです、感情を。もうこの人はいいや、と。そうしたら、やっぱり私がいないとムリ、みたいなことを向こうが言ってきたので、『ああこの流れね……』と思って、終わりました」

松居「そこで『私もやっぱり好き』とはならないの？」

大森「うん……。いわゆる女子の性というか、一度ムリになったらずっとムリで。別れたら一切連絡を取らない。ていうか今までつき合った人にはフラれたことしかないから」

松居「それは大森さんがバッサリ切って冷たくなるからでしょ？」

大森「違います、違います、違います！　私がフラれて相手を切ると、相手のほうが『やっぱり好き』ってなるんですよ」

――フラれたら追わないんですか？

大森「追わない。ああ、やっぱそうなんだって。そういうあきらめみたいなのがずっとありますね」

失恋でいい曲は書けない

松居「大森さんにとっては、音楽を作ることと恋愛って、何か関係ありますか？」

大森「ないですよー。たとえば恋愛がらみで感情がワーッとなったときに、今だったらいい詞が書けるかもって思うじゃないですか。それが書けないんですよ……まー書けないですよ」

松居「書けないの？」

大森「かなり破綻したものしか書けないから、あとでそれを拾って整理することはあるけれど、そのままでは全然使えない」

松居「すごい失恋をして、感情があふれて書くようなことってないの？」

大森「ないです、そういうのがないタイプです」

松居「ないタイプの人って初めて聞いた！」

大森「安定しているほうが、曲は作れる」

松居「それって多分、世間で思われている大森さんのイメージとは真逆なんじゃないすか？」

大森「だってウワーッとなったら、もう今すぐ死にたい、みたいなことになっちゃうから（笑）。この勢いで書いてやれ！と思って書くんだけど、そういうときにできた曲は全然いい曲じゃない。メロディーとも合っていないし、破綻しているし、ダメ」

――逆に言うと、恋愛が上手くいっていないときでも、創作に支障はないんですか？

大森「時間帯によって分かれる感じですね。夜は思いっきりモノを壊したりしてスッキリして、昼になったら『よし、曲書こう』みたいな。そのコントロールは自分でできますね。でももう危ないですよね、昼と夜で人格が変わるようなことになっちゃうので、ほんとに危険」
松居「作る歌に影響はないの？」
大森「そのときの心情をそのまま書くようなことはないかな。基本的に面白い単語や言葉が好きだから、モノを作るときは、『この言葉が面白い！』みたいな気持ちのほうが大きいですね。一方で内面的なものは別に溜めておいて、そこからちょっと書き写すぐらいの気持ちで、両方を合体させる感覚かな」
松居「なんで自分に近いような曲は作らないの？」
大森「どうしてですかねえ……たまに作るんですけど」
松居「恥ずかしい？」
大森「というより、たとえばザ・ブルーハーツみたいなタイプの曲が苦手なんですよ。自分の感情をストレートに歌った歌詞は、聴いていて私自身が『お前の話なんかどうでもいいよ！』と感じちゃうので、他人にはそう思われたくないというか（笑）。やっぱり『わかって欲しい』という欲がすごいあるので、自分に寄りすぎると一人よがりになりがちだから、それだったら作っても意味ないなって思っちゃう」

松居「でも、作っている歌で人柄を判断されることは絶対にあるじゃないですか。特に昔の大森さんはもっと屈折しているイメージが強かったから」

大森「そうしないと売れないと思っていたんですよね、多分。ハードなことを歌わないと売れないんだろうなと思って、そういう曲を作ってた。とにかく目立ちたい、わかって欲しい、知ってもらいたいという気持ちが一番大きかったです」

生き物として女子が好き

松居「大森さんは女性アイドルが好きじゃないですか。それと恋愛はくっついているんですか?」

大森「くっついてない、くっついてない」

松居「アイドルに対しては、自分の中の男性的な部分で好意を抱いているわけじゃない?」

大森「うーん、わかんない。自分の中が全然整理できていないんだけど、基本的に、外見やパーツ的なところからして女子という生き物が好きで。で、精神性とかも女子が好きなんだけど、恋愛の対象は男子っていうか。女子はもう触ってはいけない存在、みたいな」

松居「あー、神的な?」

大森「うん」

松居「現実的にどうにかしたいとは思わないの？」
大森「してみたいけど、しちゃいけないんだろうな、みたいな」
松居「ああ、それはわかる！　男の人に対しては、好きすぎて手を出せないとかはない？」
大森「全然ない。男の人に対しては、好きと思ったら『好き！』『今すぐ、しよう！』ぐらいの（笑）、ストレートな気持ちしかないので」
松居「僕はわりと好きな女性には手を出せないいんです」
大森「女子に対しては、そういう思いはすごいあります。女子と喋ると緊張するし。でも男子にはもっと適当な気持ちしかない。ずっと身の回りに男子しかいなくて、幼なじみも従兄弟も兄弟も男の人しかいなかったので、そっちのほうがラクなんだと思う」
松居「特殊だなあ……アイドルファンの男に対しては嫌な気持ちにはならない？」
大森「お前の好きとは違う、みたいな対抗心はあるかも。私の執着はあなたのとは度合いが違う、とどっかで思ってる。でも『好き』ってそういうことですよね、何に対しても」

――男性のアイドルには惹かれないですか？

大森「まったく惹かれないです……人生で一回もないんですよ、本当に」
松居「でも、男が男性アイドルをカッコいいとか言うとちょっとキツいものがある気がするけど、女が女性アイドルを好きというのは、なんかアリというか」

大森「……と、思うじゃないですか。でも結構、アブない気持ちで好きなのになと反論したくなるんですよ、そこに対しても。お前らが思っているよりよほど気持ち悪い気持ちで私は女性アイドルを見ているぞ、と（笑）」

理想の恋人はファン!?

――恋人の男性には何を求めていますか？

大森「何だろう？　普通に面白い、とか、ギターがカッコいい、とか、そういう感じかも。あるいはこの人はヘン……とか」
松居「触りたい、とかはないの？」
大森「ない（キッパリ）」
松居「その人のことを知りたいとは思う？」
大森「知りたくもないかな、べつに。ラクなのがいい……（笑）」
松居「刺激的なこととかは求めてないの？」
大森「求めてない。それよりも、ご飯作ってくれたりー、洗濯してくれたりー、尽くしてくれる人がいい」
松居「あ、そういう意味ではファンがそうだ！」

大森「ファンはもう、大好き！　ファンが好きすぎて、ライブに来なくなったりすると、めっちゃ傷つくんですよ……。それが何百人とか何千人ってどんどん増えていくとしたら、私の心は一万人に失恋したような気持ちになるわけだから、大丈夫なんだろうかと不安になります。そういう意味では、義務感で恋愛しているようなところがあるかも」

松居「大森さんはTwitterにちゃんと返事をするでしょう、マメに返しているからエラいなと思って。それも義務感なの？」

大森「他人の好意とかには応えたいというか。好意を寄せられること自体があんまりない時期もあったから……。でも、向こうから好きになってくれるのに、向こうから嫌いになるんですよ、いつも」

松居「そりゃ、ファンはそうでしょう」

大森「恋愛もそうなんですよ（笑）。それですごく傷つくので、できるだけ傷つかないようにする構造を、私の脳は得ているんだと思います」

松居「傷つきそうになったら……」

大森「ひたすら遮断。だから意外にというか、誰かを呪うような気持ちは全然なくて、あまり引きずられない」

松居「それは過去にめっちゃ傷ついたから？」

大森「うん……」
松居「そうか、そういうことか（笑）」
大森「そりゃそうだよぉー（涙）」

好きになられたら、好きになる

――松居さんが前に好きだった人には彼氏がいたわけですけど、相手に恋人がいるかどうかは、あまり関係ないですか？

松居「関係あるでしょう！」
大森「でも行ったんだ？」
松居「行かなきゃ次に進めないと思って。自分の気持ちにカタをつけるために告白したんですよ」
大森「エラいねえー」
松居「それで見事にフラれたから気持ちが切り替えられると思ったんですけど、あんまりそうじゃなかったんですよね」
大森「アハハハ、間違っちゃったねえ」
松居「なんでダメなんだ!?　みたいな感じで余計にのめり込んじゃって」

——それは心のどこかでフラれないと思ってたから……?

松居「(絶句)……!」
大森「ヤバい、ヤバい(笑)」
松居「いや、思ってた、思ってた。思ってなければ行かないですよ! やっぱり自信ないから、90%、いや95%ぐらいの勝算がないと」
大森「自信あったんだね?」
松居「あった」
大森「そっかあー」
松居「まあでも、フラれてたしかに落ち込んだけど、言ってよかったなと思いましたね。自分から行くこととかあります? いつも向こうから来て、向こうから離れていく?」
大森「そう。自分からは行けない……。何だろう、自分から行きたくなるぐらいの衝動はないかな。それに、基本的にみんな私のことを嫌いだろうとどこかで思っているから、少しでも相手のほうから好意を見せてくれないと、好きになれない」
松居「自信がない?」
大森「ないないない。好きだと言われても、何で?って思う。しかも歌手としての大森靖子は、男の子がいっぱいいる場でものすごいキャラ設定みたいなことをしているわけじゃないですか。

自分は強いし面白い、みたいな立ち位置を自分で取っているから、それでも来るの？　と（笑）」

松居「でもさ、大森さんのそのキャラを前にみんながあきらめていく中で、そのハードルを超えて来る人って、結構たくましいと思う」

大森「だから嬉しくて、つい気を許しちゃって、イタい目に遭うんですね（笑）」

松居「悪いヤツに引っかかりそうな感じがするね」

大森「……そうなんですよー。まあそういうことも、あるよね（笑）」

恋愛は考えすぎるとできない？

大森「松居さんはモテないの？」

松居「うん……。多分、相手を選びすぎているからだと思うけど」

大森「そうですよ」

松居「たしかに、好きとか嫌いのコントロールを、自分でしているのかもしれない。自分の中でGOを出せばガーッと行けるのに、まだバーが上がらない、みたいにブレーキをかけたり」

大森「それを壊しちゃえばいいんですよ」

松居「ね。でもそうしたら止まらなくなっちゃいますよ、コントロールできなくなるから」

大森「そこは全部GOにしちゃえばいい。そうすれば結構ラクですよ」
松居「それはかつての大森さんの姿？」
大森「そう！　好き好き、みんな好き！みたいな。それはまあ、結婚とかそういうものに興味がなかったからできたことですけど（笑）」
松居「一回そうしてみます。どっちにしろこのままじゃまずいしなあ」
大森「うん、頑張ってください（笑）。誰ならいいんですか？」
松居「そういうことなの？」
大森「そういうことじゃないと思ってるんですね!?」
松居「いやいやいや！」
大森「いろいろ考えていると何もなかったりするじゃないですか。考えていないときのほうが、何かあったりしますよね」
松居「そうなんですよ。恋愛したいときは全然できなくて、どうでもいいやと思っているときのほうが……」
大森「とりあえず、頑張って脚本を書いていればいいんじゃないですか（笑）」

『好き』の中心を探せ！

大森「私の友達で、星のカービィと、カツ丼と、吹石一恵さんが好きで、その3つに近ければ近いものほど好きだという男の人がいるんですよ」
松居「ほう」
大森「その人が最近ある女の子のことを好きになったんですけど、よく考えたら彼女は吹石一恵さんにも似ているし、どこかカービィにも似ているし、なんだかカツ丼っぽいんです。そういうのはないですか？　それに似ているものを好きになる、というような、好きの中心みたいなものは」
松居「好きの中心……？　なんだろう、挨拶がちゃんとできないとか」
大森「まさか私のこと？」
松居「いやいやいやいや（汗）」
大森「その点だけならすごく私のことみたいなんですけど……残念です（笑）」
松居「あ、ドラえもんはね、ずっと好きなんですよ。小学校の頃から」
大森「じゃあ丸い人が好きなのかな」
松居「丸い……そうなんだよな、あと優しくて……」
大森「青い」

松居「押し入れの中で寝てて……？」
大森「何でもくれる人だ。ドラえもんはみんな好きでしょう！」
松居「あんまりそういうふうに考えたことはなかったけど（笑）」
大森「ほかには？　人間だったら？」
松居「あの、これを言うと一部の女性からは非難囂々かもしれないですけど……蒼井優さん」
大森「フフフフフ。蒼井優ちゃんとドラえもん、遠いですねえ！」

――ドラえもん、蒼井優さん、ではもう一つは？

松居「うーん……これもあんまりよくないと思うんですけど……これをつけていたらグッとくるっていうアイテムが実は……ベレー帽をかぶっていたら相当やられますね」
大森「アハハハハハ！　それはまあ、手塚治虫さん経由で、ドラえもんにつながっているんですかね」
松居「ベレー帽の最強感はハンパない。町とか駅にいたらじっと見ちゃいますね」
大森「これでだいたい松居さんの理想像がイメージできますね。けどダマされたらガチでキッそうな子ですよね、その理想に当てはまる女子は」
松居「いや、理想といったらアレですけど……」
大森「一番ハマっちゃヤバいタイプですよね、ベレー帽かぶってて小さくてサブカル趣味で松居さんのことが好きだったら。ぜひハマっていただきたいですね（笑）。気持ちいいですよ、ボロボロになるのは」

世の中の『彼女』は全員メンヘラ!?

松居「最初は僕に全然興味がない感じで来られると、惹かれるものが……」

大森「思いを達成したくないいんじゃないですか？　自分に興味のない人をずっと好きでいたいんでしょ？」

松居「いや、違うよ」

大森「いや、そうだよ、多分」

松居「そうなのかな……？」

大森「ずっと追いかけている状態でいたいんですよ、きっと。だいたい『興味ない感じで来る』ってどういうことですか!?　すげー難しいんですけど！　だって本当に興味がなかったら行かないですからね」

松居「でもそこからの、実は興味あるのかよ！　みたいなところが萌えポイント」

大森「難しいですねぇ。一度ものすごいメンヘラ女性とつき合ってボロボロになったらいいですよ」

松居「そんな人、どこにいるんですか?」

大森「どこにでもいますよ。世の中の『彼女』という存在の女子は、全員メンヘラですよ」

ファンに手を出しちゃダメ?

松居「自分がちょっとおかしいんじゃないかとも思うんですよ。いいなと思う人がいると、その人のTwitterを調べ上げて、日々タイムラインを追いかけたり……」

大森「もう女子じゃん!」

松居「ユーザー検索の履歴がものすごいことになって」

――それだけで自分の気持ちが満足しちゃったりしませんか?

松居「全然。むしろ高まる。この映画観たんだ→俺も観よう→今度会ったらその話ができるしな、みたいに考えたり……会わないけど(笑)」

大森「会えよ!」

松居「そうやって追いかけるのは好きなんですけど、実際のアクションは起こさないんですよ」

大森「DMとかすればいいんじゃない? みんなそうしてますよ。Twitterで『相談に乗るよ』って検索すると面白いですよ、だいたいそういう欲の塊の人がズラーッとヒットするから」

松居「誰かの相談に乗ろうとしている男性・女性がたくさん（笑）」
大森「一番早いのは、ファンとつき合えばいいんですよ」
松居「ええ！」
大森「自分に興味のない体で来られたいんだったら、大森靖子のファンですと言って近づいて来る子がベストじゃないですか？」
松居「俺自身には興味ないけど、その周辺への興味はある、みたいな？　そこにつけこんで、ＰＶを撮った話なんかちらつかせればいいのか（笑）」
大森「サイッテー！　それでボロボロにされて捨てられたら楽しそう（笑）」
松居「そもそもなんでファンに手を出しちゃダメなんだろう？」
大森「そんな決まりないよ」
松居「あるよ！」
大森「まあ映画監督だったらべつにいいのかな。バンドマンはダメ、みたいなのがあるけど。要はいっぱい手を出すからダメなんでしょう？」
松居「始まり方がズルいからかな？　こっちが優位で始まる形になるから」
大森「そのあとじゃない？　あとがみんなマズいんじゃない？」
松居「だけど、そのぐらい極端でもいいかもしれないな……」

大森「そんなことまで本気で考えしまうほど……本当にアレなんですね、深刻なんですね？」
松居「そうですよ！」
大森「私のファンは可愛いですよ。基本的にみんな歪んでいるんですけど、それも含めてオススメします」
松居「僕が手を出してもＯＫなんですか？」
大森「ＯＫです、松居さんだったらぜひ（笑）」
松居「ＤＭ送っちゃう？」
大森「うん（笑）。みんなそうやって出会っているんじゃないですか？　そういう話はいっぱい聞くし、そうすれば彼女はすぐできますよ」
松居「でもそんなのって……悲しいよね？」
大森「悲しい！」

ゲスいぐらいでちょうどいい

松居「自分が何者でもない状態から知り合って始まる恋愛ってよくないですか？　それが一番健全じゃないですか。アーティストとしての大森靖子を知らない人からのアプローチはない？」
大森「大森靖子を知らない人は来ないんだよねえ。知らない人とは出会ったことがない」

松居「自分がこういう仕事をしていることを、利用したほうがいいのか、しないほうがいいのか……」

大森「でも利用しないと、それ以外の出会いはないでしょ?」

――そこは一歩譲歩するとして……。

松居「自分の評価が高いところから始まるのがイヤなんですよね。実際の中身はどうしようもないんで、下がる一方だから」

大森「とはいえ、そんなに高い状態からは来ないでしょう? だいたいバレてますよ」

松居「バレてるのかなあ、普段はクソつまんない男だってことが……。それはそれで哀しいなあ」

大森「いいねえ! 男なんてみんなつまんないから大丈夫だよ。それよりもっと、ごはんとか作ったほうがいいんだよ」

松居「ああー、そういうことね。尽くせばいいのか」

大森「まあ私はちょっと価値観が違うかもしれないけど……家ではオモシロとか意識しないでボーッとグダグダしてたいし」

松居「……面白いこと言わなくていい?」

大森「言わなくていい。仕事だけちゃんとしてればいいよ」

――仕事でカッコいいことをわかってくれている女性だったら、プライベートは区別して考えられるのでは？　仕事はできるのに、私の前ではこんなにダメなところも見せてくれるんだ！……というギャップが萌えポイントになるかもしれないですし。

松居「あ、そんな気がしてきた！」
大森「アハハハハ！」
松居「ダサいところを見せてもいいんだとしたら、どこにでも行けるじゃないですか……全方位じゃん！」
大森「そうだよ？　何も悪いところはないと思うけどねえ」
松居「魅力しかない！　よし、自信がついてきた！」
大森「楽しいことしかないよ！」
松居「ハッピー？」
大森「ハッピーだよ（笑）」
松居「そう考えるとすごいな、誰とでもつき合えるんだ！　『相談に乗るよ』で一回つぶやいてやろうか……」
大森「松居さんの場合はそのぐらいゲスい気持ちで行って、やっと普通ぐらいだと思います（笑）。自分ではめちゃくちゃチャラくなるぐらいの気持ちで、ちょっとムリしてみましょうよ」

松居「うん、ちょっとムリしよう、これからは！」

反省コラム

大森靖子さん

「女の子が「自撮り」する理由」

対談いい意味でだいぶひどかったですね。（笑）

ここまで大森さんがぶっちゃけるとは思わなかったし、二人とも最低具合がすごかった！一緒に作品は作っていましたが、創作と恋愛についてのことは話していなかったので、その二つが結びつかないって創作のやり方においてもすごく興味深かったです。

おおっと、恋愛ですよね。恋愛の本だしね。表現者ぶってんじゃないよ！

★最近はだいぶチャラついてきた

最近はだいぶチャラついてきたと思うんですよね。内面的な話ですよ。この数ヶ月で考えていることが変わりまくっているのですが（この対談が原因だよコノヤロウ）、「モテそうですね?」って質問に対して、バラエティ番組に出たイケメンのように「モテないですよ！」なんて言い返してとくに盛り上がらずに自分の体裁だけ守るより、「まぁモテますねえ」と事実は抜きにしてとりあえず言ってみる方が、話が膨らむんですよね。

言うのには抵抗がすごくありますが、そういう会話のやりとりをすることによって、今までと違う会話を生むことから始めています。そうなると、今まで言わないのは、軽薄な言葉だったりするので、そういうのを無理して言っていると、自分の精神的体重が軽くなっている気がします。

みんなエロいくせにカッコつけてんじゃないよ！って思ったのですが、やっぱみんなプライベートはちゃんとエロいんですよね。そこは人に見せない部分なだけで、あの偉い発明家も凶悪な犯罪者もみんな昔からエロいんだってね（そうだよね吉井和哉さん！）。

★定型文のような会話からは何も生まれない……

この間母親が言っていたんですけど、「何食べたい?」って聞いて「なんでもいい」って答える人間は3流だと。こちらの問いかけに対して何も膨らまないんだと。相手に気を使っているだけで会話としては0点だと！

今ドキッとした方は熟読してくださいね。だからといって、具体的に、例えば「何食べたい？」「天ぷら」とか断定して答える。この場合、いいんですけど、母から言わせれば2流らしいです。1流の答えは「何食べたい？」「うーん、天ぷらとか？」っていう答え方らしいです（天ぷらっていうことではなく、ここにヒントをちりばめるということです）。「とか？」を加えることで、天ぷらにこだわることなく、そこをヒントに揚げ物なのか、海鮮系なのか……って自分の食べたいものもすり合わせてお互いのちょうどいい所に着地することができる。これが会話であり、すなわち性行為だと！（母は言ってないです）。

定型文のような会話からは何も生まれないですよね。何も生まれないですよね、って言葉がそもそも定型文なのかな、そうだとしたら、もうなんて言えばいいかわかりませんね。

★大森靖子さんに聞いた「自撮りの理由」

大森さんはやたらエロかったですね。撮影やライブの時はやはりスイッチはいってるし、緊張感もあるんですけど、この間の対談の時はずっと眠そうにいっぱい喋っていました。あの妙な色気は不思議ですね。画面を通しても、変な意味じゃなくて、美しい時と美しくない時の差が激しすぎてウケます。

対談後になんで自撮りするかって聞いたら、ほかの人が撮ったブスな写真が画像検索でヒットするのが嫌だから、自分で撮ったいい写真が画像検索で上に来るために、って言っててすごく納得しました。男はごく一部しか自撮りしないですけど、女子が自撮りする理由って、自分を一番かわいく撮れるのは自分だってわかってるからそうするのかもしれませんね。

「自分かわいいって思って自撮りしてるんだろ?」って思ってましたが、逆なんですね。『自分かわいいって思われたいから』自撮りしてるんですよね! 本当は自分がかわいいとは思ってないかもしれないのに! だからいろいろさぐって神アングル見つけて! そう思うとアイドルのブログとか泣けるじゃないですか……。努力しかないじゃないか……。

でも映像では一概には言えませんよね。自分で撮っていると、やっぱヒロインの人が好きになって、この人をもっと魅力的に撮りたい!

「自撮りの美学……」

っていう感情には自然となるし、それによってかわいく撮れます。これって変ではないですよね？　やっぱり撮影する対象の人が普通に好きになるし、それで撮影が終わった後にもう会えないということに軽く失恋のような気持ちになる。でもこれを恋愛にしてしまえばいいんですかね？　だから映画監督は女優と結婚したりするんですかね？　なんかその瞬間に『映画監督だから女優なんだ』って思われると思うことで急に冷めてしまうってこともありますよね。いやそういう話じゃないよ。なんで出口を気にしなきゃいけないんだ。そうじゃないだろ。気持ちに素直に従って結局出口がどうかなんてどうだっていいんだろ！ていうか気持ちすらどうだっていいだろ！　ＤＭ送るかー!?

VS ペヤンヌマキ

ペヤンヌマキ

AV監督/演劇ユニット「ブス会＊」主宰/脚本・演出家。フリーのAV監督として活動する傍ら、2010年に「ブス会＊」を立ち上げ、以降全ての作品の脚本・演出を担当。女の実態をじわじわと炙り出す作風が特徴。著書にエロの現場で働く自らの経験をもとにコンプレックス活用法を探る半自伝的エッセイ『たたかえ！ブス魂〜コンプレックスとかエロとか三十路とか』（KKベストセラーズ）。週刊SPA!にてコラム「ペヤンヌマキの悶々うぉっちんぐ」（隔週）連載中。

ブス会＊　http://busukai.com/

恋愛において色んなことを話しすぎると、変なテンションになりますね。朝食バイキングで大皿を持って立ち尽くす少年の気分です。

これって正解なのか？会話を膨らませたい事を気にしすぎるあまり、単純に嫌な男になってないか？　いやこの発想がいけないのか？　映像の話も出たところだし、極端な所まで話をしましょう。

今度は、アダルト界のミーアキャット！　ペヤンヌマキさんです。

アダルトビデオの監督だけでなく、演劇やコラムなどもエグイ女性の目線で書かれていて、すごく面白いです。ペヤンヌさんの主宰する「ブス会＊」は、好きで公演をよく見ていたので楽しみです。

アダルト業界で働く女性の考え方も気になるし、エロい話もいっぱいしようと思います。

電車で読んでいる方は、気をつけてください。どうぞ！

草食男子の誘い方

ペヤンヌマキ「これまでの対談、読みました」
松居大悟「ありがとうございます！　こんな感じでやってきて、ようやくここまで来ました。なんとなく、女性とどういうふうに話したらいいのかとかは、理屈ではわかってきたんですけど、まず予定をどう取りつけるかが難しくて」
ペヤンヌ「はい」
松居「僕はそんなにすごいスピードで距離を詰められないので、相手が速すぎると、こっちは後ずさるしかなくて。ゆっくり詰めて行きたいんです。だからペースが速すぎる人は難しい、難しいっていうか怖いというか」
ペヤンヌ「あ、怖いって思っちゃうんだ。その発言はちょっとショックですね。私もそういうタイプの男の人を好きになったことがあるんですけど、こっちが詰めないことには全然話が進まないから、じゃあいつ会おうかと具体的に決めようとすると、やっぱりかわされちゃうんですよね。でもこっちが誘わないと向こうからは永遠に誘ってこないし」
松居「いや、日程を決める問題はちょっと難しいですよ。来週とか再来週とか、そんな先のことまでは決めるとなると二人の感じがどうなっているかもわからないし」
――だからといって、直前すぎると都合がつけられなかったり、時間があったとしても「ヒマ

だと思われているのかな？」と女性は慎重になったりもしそうですよね。

ペヤンヌ「私が好きだった人も、二週間先の予定を前もって決められるのがイヤっぽい雰囲気があったので、直前とか当日に誘ったほうが気軽なのかなーと思ってそれも試してみたんですけど、やっぱり仕事があるとかで……結局ムリじゃん！　みたいな（笑）」

松居「仮予約っていう言葉が正しいかどうかわかんないですが……来週のこの日をなんとなくあけておいて、前日にもう一度確認する」

ペヤンヌ「そっちのほうが気がラクですか？」

松居「ラクです。『仮』だったらまあいいか、みたいな。スケジュール帳に書かなくていい気楽さがある」

ペヤンヌ「私もそういうふうにして、大体の日取りだけ決めて約束したことがあったんですけど、すごく楽しみにして一週間ぐらい待っていたら、前日に電話で断られて、え!?みたいな。直前のドタキャンは絶望感が倍増しますね。

――「仮」という前置きがついた時点で、どうしてもモチベーションは下がっていく気もしますが……。

ペヤンヌ「誘うときはどういう手順になるんですか？」

松居「日程よりもむしろ、何をしたいかという話をしている流れで、じゃあ明日とか明後日はどうかなみたいな感じで」

ペヤンヌ「それだと、前日に突然誘われたりしたら、軽い感じで女を誘う人なのかなと思われそうな気がする」

松居「こっちは一周回ってそうしているのに？」

ペヤンヌ「そう。ちゃんと手順を踏んで、前もって約束しておくほうが、紳士的じゃないですか。そもそも二週間後の予定を決めるのがイヤだというのはどうしてですか？」

松居「緊張するからです。二週間後に会ったときに何をしようかと考えすぎて精神をそこに持っていかれるし、当日のタイムスケジュールまで考え出して、ガチガチになっちゃう。そうなりたくないから直前に決めたいと思っちゃうんです。最高のパフォーマンスをしなきゃいけないっていうプレッシャーが……」

ペヤンヌ「女性はそんなの期待していないから大丈夫ですよ。やっぱりちょっとカッコつけですね。それを隠そうとするとあまりいい印象に見えないから、むしろ出していったほうがいいですよ」

松居「これはカッコつけなのか……」

〝最後のパス〟は女性に出してほしい

――好きな人ができたら自分から行動するタイプですか？

ペヤンヌ「二十代の頃は、こっちが興味を示すと向こうから寄ってくるみたいな形が多かったんですけど、三十歳を過ぎてからは、好みのタイプが変わったこともあって、あまり自分から女性を誘わない男の人を好きになるようになったんです。そうするとどうしても自分から動かなきゃならなくなるんですけど、それには慣れていないから、どうすればいいんだろう？みたいな状況が続いていますね」

松居「男にとっては、慣れていない状態のままで来られるのがベストじゃないですか？」

ペヤンヌ「どういうことですか？　そのほうがピュアさが感じられるからってこと？」

松居「ですかね。男のほうも興味がなくて手を出さないわけじゃないんですよ、距離の詰め方の問題で。たとえば自分の家に呼んだとしても、女性のほうからエロい感じで迫られたら、こっちからは行けないんです。でもあくまでも下心はないふうで部屋にいてくれたら――普通に本とか読まれたりしたら、こっちが何かしなきゃいけないと思うじゃないですか。といっても、とりあえず隣りに座るぐらいしかできないんですけど」

ペヤンヌ「実はそれと全く同じシチュエイションを経験したことがあるんですけど……！」

松居「そうなんですか？　とりあえず隣りに座って、普通に会話をして、一番最後のパスだけ女性が見せたら……。殻にこもった草食男子はちょっとずつちょっとずつ距離を詰めていくので」

ペヤンヌ「最後のパスというのは、たとえば?」

松居「たとえば女の子が横になってくれたり……」

ペヤンヌ「『疲れた〜』とか言いながら?」

松居「でもいいですし、腰が痛いとか何とか、普通に会話をしている流れで」

ペヤンヌ「ああ。それをね、さりげなくできる人とできない人がいますよね」

草食男子のオトし方

松居「でもOKすぎるパスが来たら、それは受け取れないんです」

ペヤンヌ「そうでしょう? 怖いと思われるか、OKと取られるか、その境目がこっちとしてもわからないし、女からアプローチするのは相当勇気がいるんですよ。断られたらもう立ち直れないから……」

松居「女の人は本当に何もしなくていいと思うんですよ。ただただのんびりしていてくれれば」

ペヤンヌ「そうしたら何も起こらず朝を迎えることになりますよ」

松居「でも朝を迎える頃には、ちょっとは男の手が近づいていると思うんですよ」

ペヤンヌ「私の場合はかなり近づいたけど、何も起こらないまま、疎遠になりましたけどね（笑）」

松居「近づいたときに男の顔をグッと見ましたか？」

ペヤンヌ「グッと見れば〝ヨッシャー！〟と思うんですか？」

松居「パス来た！ と思いますよ。ゴーサインが出ないとやっぱり、行けないかも」

ペヤンヌ「草食男子のスイッチってわかりづらいなぁ」

松居「しかもキスしてから次に行くまで、さらに8ハードルぐらいありますよ」

ペヤンヌ「え、そこからさらに!?」

松居「とりあえず一晩目は、それ以上進めないと思います」

恋愛がうまくいかないとき性欲はどうしてる？

ペヤンヌ「ずっと不思議に思っていたんですけど、なかなか恋愛が上手くいかない間、性欲なんかはどうしているんですか？」

松居「性欲はあるんですよ。それだけは衰えることなくずっとあるんですけど、自分で処理し続けていると、どんどん周りのことが見えなくなるんですよね。せっかく女性との機会があっても、いざそのときになると使いものにならなかったり。失敗しちゃいけないというプレッシャーで、目の前の相手ではなく、一人で見たAVを思い出してみたり。そうなると見るAVも、本番のシーンより、その前のトーク部分を楽しむようになっちゃって」

ペヤンヌ「素晴らしいユーザーですね（笑）」

松居「いわゆる興奮すべきところではない部分で興奮するようになってきているんですよね」

ペヤンヌ「でも、自分だけで処理できているんですか？　風俗とかは？」

松居「連れて行かれたことはあるんですけど、そこでも上手くできなくて、相手に申し訳なくなって、その場で一人でしました。そのときのその人の顔が忘れられなくて……すごい悲しい顔をしていたんですよ。それから行くのが怖くなりました」

ペヤンヌ「マジですか……風俗でさえもこじらせているとは」

松居「リラックスさせようとして女性のほうがあれこれ頑張ってくれるのも、逆にそれがプレッシャーになって、余計に緊張してしまうんです」

女が性界に入るとき

——ペヤンヌさんが監督になったきっかけは元カレだったとか。

ペヤンヌ「大学のときに初めてつき合った彼氏と、結構長く続いていたんですけど、相手が風俗に行っていることがある日発覚して。本当にショックだったんですよね。お金を払ってわざわざほかの女と……。女からすると謎の世界じゃないですか。彼氏がまったく別の人格みたいに思えてきて、どうすればこれを乗り越えられるかと考えたときに、男性の性を扱う現場を知りたいなと。ちょうど平野勝之監督のいた会社がスタッフを募集していたので、その世界をのぞき見るために、アルバイトしてみようと思ったんです」

松居「今も撮っていますか？」

ペヤンヌ「月に1～2本のペースで撮っています」

松居「女性監督として撮るときに意識しているのは、女性としての視点ですか、それとも男性目線ですか？」

ペヤンヌ「男性ですね。やっぱり見る人は男なので、男性の生理を想像して。あとはいろんな男の人に話を聞いてリサーチしたり。だから耳年増になっちゃっていますね（笑）」

――業界に飛び込んでみて、ショックからは立ち直れましたか？

ペヤンヌ「男性のいろんな性欲の話を聞けたのは楽しかったです。自分に魅力がないとかそういうことではないんだなと思って、元気にはなったけど、恋人がプロの方のお世話になったり、浮気したりすることを許せるかどうかというと、またちょっと別問題でしたねえ。あとは監督になってから、私がいろんな男優さんのカラミを撮っているから気が引けると、男の人に言われたことがありました。私自身が男優さんとカランでいるわけではないんですけど、やっぱりそう思われちゃうんだなあと」

松居「うん。特に童貞に近い人はビビると思いますよ。なめられるんじゃないかって」

ペヤンヌ「中身は全然、ピュアなんですけどねえ（笑）」

裏方のほうがモテる説

松居「僕がスタッフだったら、AV女優さんよりも、監督として指示しているペヤンヌさんのほうに興奮すると思うんですよ」

ペヤンヌ「ああ（笑）。素人が好きなんですね。たしかにこの業界だと、出演者よりも裏方のスタッフ側の女の子のほうが、セクシャルな目線で見られるんですよ。それまではそんな目で見られることもなかったんですけど、この世界に入った途端にそういう目線が来たから、すごい衝撃で」

松居「何かありましたか？」

ペヤンヌ「現場スタッフとして働いていたときのほうがモテていましたね。監督になってしまうと逆に引かれるというか」

松居「ペヤンヌさんが監督するときは、いわゆるイヤらしい気持ちで撮っているのとは違う感じがしているんですけど」

ペヤンヌ「そうですか？　そういう気持ちで撮ってますよ。私自身はむっつりスケベですし（笑）。でも職業がＡＶ監督だからといって、そのイメージで自分が性的に見られちゃうのは、どうしたもんかなという感じですけど」

松居「逆にもっとエロくならなきゃと思ったりしますか？」

ペヤンヌ「それはないですけど、ギャップがなくて面白くないのかなと思ったりはしますね。普通のＯＬさんがセクシャルな一面を見せると魅力になったりするんでしょうけど、私の場合は職業的にそのありがたみがあまりないですよね」

恋愛欲と性欲は比例するか？

――女性の性欲をはかる基準はどこにあるんでしょうか。

ペヤンヌ「女性全般が、男の人が思っているよりは、性欲は強いと思うんですけど」

松居「表示されていればわかるけど、見せてくれないですからね」

ペヤンヌ「でも見せたら男の人は引くんですよね？　それがわかっているから見せられないんだと思います。自分は全開にしているのに引かれたりしたら、それほど悲しいことはないですからねえ。女の性欲は自発的じゃなくて、男の人によって喚起されるところもありますし」

――恋愛欲と性欲はどれぐらい比例していますか？

ペヤンヌ「前は恋愛と性欲が一致していて、したいと思うタイプを好きになっていたと思うんですけど、最近はわりとかけ離れてきちゃって。プラトニックなタイプを好きになっちゃうから、その相手とどうこうなるということが想像つかないんです。相手が手を出してこないから、というのもあると思うんですけど。そうなると、より恋愛が難しくなってきますよねえ。やっぱりセックスって馬鹿には出来ないというか、それによって関係が深まることもあるから。それなくしてどうやって恋愛を進めていくのかというと、進みづらいですよね」

――それは、最近男子スケート選手に惹かれていることとつながりますか？

ペヤンヌ「そうですね（笑）。フィギュアスケートを見に行くことだけが唯一の楽しみになっているので」

松居「誰推しですか？」

ペヤンヌ「羽生結弦選手がずっと好きだったんですけど、最近は町田樹選手にじわじわとハマってきてます（※現在は引退）。偏屈な人が好きなんですよね。そもそも羽生君を機に好みが変わったんですよ。多分、ヘンな母性本能があり余りすぎて、息子が欲しいみたいな時期があったんですよ。そこに羽生君が登場して、まさに息子にしたいタイプだったんですよね。こんな息子が欲しいなと思っていたら、そのうち妙な色気を漂わせてきたので、いつの間にか恋愛感情とごっちゃになって、中性的なものに惹かれ始めたんです。それまでは結構マッチョなタイプが好きだったんですけど」

松居「それはBL的な趣味ではなくて？」

ペヤンヌ「ああ、でも好みが中性的な方向に行くと、どうしてもBL萌えみたいになってきますよね。そうなるとセックスと現実的につながらなくなっちゃうから、だんだん恋愛からも遠のいていく。やっぱり性欲と恋愛が普通に並行したほうが健全なんじゃないですかねえ」

松居「もしかしたら僕は、性欲と恋愛欲が潜在的にはかけ離れているのに、無理やり一緒にしようとしているから上手くいかないのかもしれない気がします」

ペヤンヌ「そんな感じはしますよね」

松居「恋愛したい人に対してセックスを求めなければ、緊張せずに上手くいくのかもしれない。性欲は別モノとして……」

ペヤンヌ「それもちょっと危険だなあ。悲劇の始まりのような気がする。好きすぎて緊張して肉体的に反応しないという生理は、女性側としてはちょっとわかりづらいですよね。女性としてはやっぱり反応してくれないと悲しくなります」

松居「そうなんですよ。女性にそういう思いをさせたくないと思うことによって、ますます失敗するんです」

ペヤンヌ「うーん。ねじ曲がりすぎて、心と体が素直につながらないんですね。そこが恋愛が進まない原因のような気もするなあ」

身勝手キャラは女を選ぶ

――今、おつき合いされている方はいらっしゃいますか?

ペヤンヌ「ここ数年いないんですよ。いいなあと思う人がいても、家まで行って何も起こらず、みたいなことを繰り返していて」

松居「でも家までは行っているんですよね?」

ペヤンヌ「そう。家に行って、彼が面白いと言っていた本を見せてもらいながら、朝まで横に並んで喋っていただけで」

松居「それは同じベッドで?」

ペヤンヌ「いや、布団には入っていないです」

松居「布団にまず一緒に入っちゃえばいいんじゃないですか?」

ペヤンヌ「どうやって入るんですか!?」

松居「たとえばペヤンヌさんが先に入って、もう寝なよみたいなことを言うのか、あるいは相手を先に寝かせておいて、自分はトイレから戻ってくる流れでそのまま同じ布団に入っちゃうとか」

ペヤンヌ「えぇぇぇ!?　それこそ怖がられそうじゃないですか！」

松居「誘うためじゃなくて、完全に自分のためとして入っていくんです。あくまでも自分が布団で寝たいがためにそうしているんだという体裁で」

ペヤンヌ「ああ、眠くなったから寝ていい？　ゴローンみたいな……私はそういう身勝手なことができる女のキャラじゃないんですよね。でも家に入れたってことは、嫌われてはいないですよねえ？」

松居「嫌われていないし、むしろ反対ですよ。僕の場合は好きな人にマンガを貸すと言って家に呼んで、何もできなくて、でも家に来てくれたってことがいいよなあと思いつつ、そのままお開きになって」

ペヤンヌ「その後に自分から誘ったりしないんですか？」

松居「その後も誘って、いざ告白したら、彼氏がいるからってフラれました」

ペヤンヌ「松居さんはダマされやすそうですね。わりとしたたかな女性に引っかかりそう」

松居「会ったら何も考えられなくなって」

ペヤンヌ「そういう意味では素直というか、こんなに警戒してバリアを張っているわりには……そこまで考えていたら普通は引っかからないだろうと思うんですけど」

誠実さは後から見せればいい

――仮にもし好きな相手じゃなくても、一回成功すればそれがきっかけとなって、その後もセックスが上手くいくようになるということはあるんでしょうか。

ペヤンヌ「荒療治じゃないですけど、そういう方法もあるのかなと思ったんですよね。私の知り合いに、どんなに好きな子でも知れば知るほど性欲に結びつかなくて、見ず知らずの相手のほうが何も考えずに自分を解放できるという男の人がいて」

松居「僕も一度、お酒の勢いでそうなりかけて……その場で、今までつき合った人とも上手くできなかったからダメかもしれない、って話をしたんです。そうしたら、わりと冷たい感じで『いいじゃんべつに』みたいに突き放されて。それに対してすごく悔しさみたいなものが沸き上がって、そのときは一つハードルは越えましたね」

ペヤンヌ「そうなんですね。何の感情もない相手に……そういうタイプだと難しいんですよね、その後がね」

松居「その後の関係のことを考えなければ、その場だけ成功すればいいんですけど……ってこんな話、悲しすぎるな」

ペヤンヌ「女性はやっぱりセックスがなくなると、不安になっちゃうところがあると思うんですよね。どんなに思ってくれているのがわかっていても、本当に愛されているのか不安になっちゃって。そうすると体目的で近づいてくる男にも揺らいじゃうみたいなこともあるから、寝取られやすくもなる」

松居「さっきの女の人は、それまでよく知らなかったんですけど、その日からちょっと好きになったんです。でも連絡先がわからなかった」

ペヤンヌ「とりあえずしてみて……というのもアリかもしれない（笑）。体の関係が先だと続かないという説もありますけど、関係を持った後にこそ誠実さを見せればいいと思うんですよね。する前に見せてもなかなか仲が発展しないけど、一度関係してみてからだったら、意外と私のことちゃんと見てくれているのねと思わせられれば株が上がるというか。そこが誠実さの見せどころじゃないかなと」

松居「あー、そこが！」

モテる男は魅力的なのか？

――逆に、恋愛に対して不誠実な男って何なんでしょうか？

ペヤンヌ「だらしないっていうんですかねえ、恋愛に関して。悪気なく、ちょいちょいいろんな女の人と深い関係になったりして。前に、私とそういう関係になりながら、私の友達とも続いていた人がいたんです。そんなときに、ある飲み会で私と友達と彼が一同に会して、すごく微妙な空気になったんですけど、この後どうするんだ、どこに帰るつもりなんだ？と思っていたら、全然知らない別の女の人に、スーッとついて行こうとしていたんですよ（笑）。それでも『一緒に帰ろうって言われたからさ～』なんて無邪気に言っていて、あれはビックリしましたね。何の悪気もないんですよ」

――相手の男の人とはつき合っている状態で、そういうことになっていたんでしょうか。

ペヤンヌ「うーん、上手いんですよね、それが。こっちはつき合っているつもりになっているんだけど、向こうは『つき合ってる』とは言っていないよねって感じで、逃げ道を作っていたと思う。そういうタイプはモテますよね。無邪気なんですよ、責める気にもならなくさせるのが上手いんですよね、のらりくらりと」

松居「でも、たいてい男からは嫌われるタイプですよね」

ペヤンヌ「それがその人は、男からも好かれるタイプだったんですよ、同性でも憧れるようなだからタチが悪いんですよ。話だけ聞くと、なんだそのプレイボーイはと思うんですけど、実際に会ってみると全然そうは見えない。人当たりもいいし。人間としてはかなり魅力的なんです」

松居　「いや、でも僕は嫌いです！（笑）」

聞かれたら拒否する女性心理

ペヤンヌ「これまでの話を聞いていると、何となく、セックス問題をまず解決しないことには恋愛も難しい気がします。今の時点でそんなにもしていないということが驚きですもん」
松居　「していないことがバレたくなさすぎて……その気負いもありますね。恥ずかしくてしょうがないですよ」
ペヤンヌ「でも積極的な女の人はダメなんですよね？」
松居　「他の男の前でもそうなのかと思ってしまうと……」
ペヤンヌ「ということは、本当にしたたかな女の人は、特別感を出すのが上手ってことですよね。誰にでもやっているわけではありませんよというふうに見せるのが」
松居　「そうそう、この子は自分にだけこんなにエロい部分を見せてくれている、と男に思わせるのが」
ペヤンヌ「だったら逆に、隠さずに全開で来る人のほうが、したたかじゃなくて純な可能性はありますよ」
松居　「ああ、そんなこと言ったらもうわかんなくなります。そうなると、自分はこれからどうすべきなのか……恋愛はともかくとして、性的な問題を解決することを考えると」

ペヤンヌ「多分、言葉よりも行動を先にしたほうがいいと思うんですよ。キスしていい？とか許可を求められると、女は大抵拒否するから。そこは何も言わなくていいと思うんですよね」

松居「そうか、聞かれたら拒否するんですね」

ペヤンヌ「もしその気だったとしても、いったんは拒否の体勢を取りますよね。軽い女だと思われたくないという女性心理もありますし。男の人にはそこを乗り越えて来てほしいですよね。それこそホテルの前まで手を引っぱられて、入るか入らないかで押し問答をするぐらいの誘われ方をしたことが、過去にあったんですよ。でも意外にも、そこまで食い下がってくるならしょうがないか、みたいな気にもなってくるんです」

松居「そんな強引なやり方でも成功するんだ!?」

ペヤンヌ「そういうこともあります（笑）。だから恥をかくことを恐れずに、欲望に任せて動ける人は、やっぱり強いですよね。松居さんの場合は、今話しているようなことを、全部相手に打ち明けてしまうのも一つの手だと思いますよ。まずはカッコつけるのをやめるところから始めたらいいんじゃないかな」

反省コラム

ペヤンヌマキさん

「恋愛と対談の関係」

★恋愛も対談もむずかしい

むずかしいですね。恋愛って奴はむずかしくて、対談って奴もむずかしいです。恋愛の対談っていうのはむずかしさがタッグを組んで大変なことになるな！

ペヤンヌさんはすごく優しくて、同じ立場に立ってお話ししてもらえたので、すごく素直に自分の事が相談できました。ですが、対談回が更新された後、「草食男子の嫌な所が全部詰まってる」「彼女ほしいって言う資格ない」「仮予約ってなんで上から目線だよ」的な批判が飛び交う飛び交う。ちょっと誤解されてる所もあったんですけど訂正なんてできなくて、じっと見届けることしかできませんでした。

こういうの初めてだったので、マジでつらかったですね。つらかったというか、またそういうこと言うと、お前の被害妄想だろ、こっちの気持ちも考えろと言われかねないのでそういうのじゃなくて……。

対談そのものを批判されると、もう軽い人格否定なので、本当に狂いそうになりますね。いや、実際に狂いました。これなんでしょうね。どう生きてきたからダメだったんですかね。この一連の経験をして、なぜ男性の恋愛指南本がないのかとか、男性の恋愛マスターみたいな人が全く力を持たない、ということがわかる気がしました。

恋愛相談したって、味方なんて一人もできないどころか、敵を増やすばかりです。ここに何を書いても言い返される材料になってしまうのでこの辺で！　でもまあ恋愛の企画だしね！自分の個人的な経験に触れたら許せなくなることもありますよね！　失礼しました！

★自己完結して終わらせてきたのは自分

その矢先ですが、この対談はこれで終わります（Web連載）。決定事項として伝えられたのですが、衝撃でした。自分で言うのもなんですが、手ごたえと安定した居場所のようなものを感じていたので、いきなりすぎて整理できなくて……。すぐに担当編集に電話をしました。部屋だと落ち着かないので、裸足でベランダをウロウロして、気づいたら僕は泣きながら、「少し考え直してくれませんか？」とお願いしていました。

なんかなんとなく、この「さあハイヒール折れろ」で皆様に教えられてきた、恋愛のようだな、と思いました。違うのかもしれませんが、僕から見た景色で言わせてください。

　こちらがうまくつき合っている、気持ちを通わせられていると思っていても、「別れよう」と一方的に言われることがあるのかなぁとか。言われた側は、「なんで別れるの?」「うまくいってたじゃん!」と粘るのですが、もちろんそれはふられた側の景色で、ふった側の景色の中には、すでにもう自分の姿はいなくて（それがもう新しい景色を見ているのか、見ていた景色が色あせていたのかはわかりませんが）それで「せめて話し合いたかった……」なんて言われても、ふった側からしたら、そういう問題じゃないですもんね。なんだか、そう書いていたらすごく、悔しいけど、納得してきている自分がいます。

「ありがとうございました。またどこかで」

今まで恋愛に対して、怖くて自己完結して終わらせてきたのは他でもない自分でした。つき合いたくても、自分が傷つきたくないから、自分から行こうとはしませんでした。

自分の都合ばかりで、相手の気持ちなんて考えてなかったかもしれない。ずっと皆さんに言われてきたことを身を持って感じました。

★自分の価値観がばきばきに折れました。

すごく申し訳ないなぁ。でもそうやって、新しい恋愛に進んでいくんでしょうね。この「さあハイヒール折れろ」で色んなことを教えてもらいましたし、最後にすごく大切なことを、痛みをもって教えていただきました。自分の価値観がばきばきに折れました。

こんなやつ、そんなこと言うけど何も変わんねえよ！という方、そうかもしれません。でもこの対談でお世話になった方、応援してくださった方のためにも、いや違いますね、他でもない自分のためにも、これからもがんばろうと思います。

書籍化特別対談

VS

リリー・フランキー

リリー・フランキー

武蔵野美術大学卒業。イラストレーターのほか、デザイン、文筆、写真、作詞・作曲、俳優など多方面で活動する。著書に「誰も知らない名言集」（情報センター出版局）「美女と野球」（河出書房新社）「リリー・フランキーの人生相談」（集英社）など。初の長編小説「東京タワー～オカンとボクと、時々、オトン～」（扶桑社）は2006年本屋大賞を受賞し、映画化もされた。俳優としても『ぐるりのこと。』（08）『凶悪』（13）『そして父になる』（13）『海街diary』（15）『野火』（15）など多くの映画に出演し、数々の映画賞を受賞している。

www.lilyfranky.com

ここまでがWeb連載していた所でして、すごい終わり方ですね。心がズタボロになって打ち切りという悲しすぎる展開……!!

結局、男の恋愛において何が正しかったんだろう。

対談を終えてしばらくして、書籍化の問い合わせがありまして。でもそのまま収録してこの反省&落胆コラムでは終われないな、ぐちゃぐちゃの松居をどうまとめる？と考えたときに、もうこのお方しかいませんでした。

リリー・フランキーさん！　こちらの回のみ、書籍用の特別対談です。

最後の一回ぐらいは男子校の部室に行く気持ちで、リリーさんに逃げ込みましょう。

映画でリリーさんとご一緒してから、童貞監督として覚えていただいておりました。たすけてリリーさーん!!

童貞を卒業しました！

リリー・フランキー「『アフロ田中』の撮影以来だっけ？」
松居大悟「あれは四年前でしたね」
リリー「まだ童貞なの？」
松　居「それが童貞じゃなくなったんですよ！」
リリー「なんだ、それじゃただの監督じゃない。『童貞の監督』っていうことが一つのステイタスだったのに。『処女のグラドル！』みたいなさ」
松　居「そうなんですけど。でもメンタル的にはまだ結構、童貞性はありますよ？」
リリー「いやいや、そんな話じゃなくて。相手は誰だったの？」
松　居「人妻だったんですけど……」
リリー「結果、人妻！」
松　居「結果、人妻で。去年、舞台を観に行った後の飲み会で隣りの席になった人で」
リリー「あー……。その人いくつなの？」
松　居「えーと、僕が今29歳なんで、ちょっと年上ですかねえ」
リリー「じゃあもうこれからは年上も全然アリになってきたでしょ。子犬は最初に食ったものが好物になるっていうから、ここからどんどん熟女好みになっていくんじゃないの？」

松　居「でもその日も夜はイケなかったんですよ。一回記憶が飛んでて、やった瞬間っていうのは覚えてなくて」

リリー「一服盛られてたんじゃないの!?　でもよかったじゃない、童貞だったら最初のときは挿れる前に出ちゃったーみたいなこともあるのに」

松　居「直前までいくけど最後まで至らないっていうことが何回かあって、その日にやっと成功したんです」

リリー「なんだ。もう普通の、そのへんに、掃いて捨てるほどいる監督じゃない（笑）」

松　居「そこまで言わなくても（笑）」

映画出演料の行方

リリー「『アフロ田中』のときはいくつ？」

「ただのカントクじゃん」「いやいや」

松　居「25歳ですね」
リリー「あのとき監督が童貞だから、同い年で主演の松田翔太も、撮影中は監督からセックスもオナニーも禁止されてるって聞いて。もし破ったら現場の全員に弁当を奢らなきゃいけないことになってたんだよね」
松　居「そうなんですよね」
リリー「その撮影がまだ終わってないときに、翔太から監督をポールダンスのバーに連れて行きたいって頼まれて」
松　居「アレそういう流れだったんですか⁉」
リリー「監督に女体を見せたいからって。知ってる店に連れて行ったんだけど、そこでは客が口にチップをくわえてると、ダンサーが踊りながらオッパイでそれを取ってくれるの」
松　居「いやもう、カルチャーショックで！　お札を口にくわえて倒れてたら、ダンサーの人が口でそれを受け取ってくれたんですけど、緊張しすぎてお札が破れちゃって」
リリー「そのあと、俺の知り合いがやってるSMのバーが近くにあったから、監督をそこに連れて行って。そこで監督、女王様からお尻の穴にフリスク三つ入れられてたからね。『松田君、お尻がスースーするよ！』って（笑）。俺、『アフロ田中』の出演料を全部あの店で使ったよ。監督のお尻にフリスクを入れるために現場に行ったようなもんでしたよ」

松　居「あれはほんとに、今でも記憶に残ってます」

リリー「やっぱり映画監督たるもの、民度が高くないと。文明の高いことをしないとね」

性格が悪いと自然派に流れる？

リリー「それからその主婦以外ともセックスしたの？」

松　居「あの、そう、なんかタガが外れちゃって。ヘンなエンジンがかかっちゃって、来た球は全部打ち返すし、何ならちょっとムリしてでも……」

リリー「いかにも映画監督じゃない、それ。あれでしょ、映画とか舞台の出演者の子をさ。だいたい映画監督ってそうじゃない？」

松　居「違う違う、そこは手出してないです！　偏見がすごい（笑）。まあでも、そういうタガが外れた時期は、こんなこと悲しすぎると思って終わらせたんですよ。何も積み重なってないし、そこに愛はないじゃないかと思って」

リリー「そんな喪失感はどうでもいいんだけど。ということは、この対談本の連載中は、童貞からそうじゃなくなった時期も含まれるんでしょ？」

松　居「そうなんですよ……でも言えなかったんです。童貞の僕が女性のことをもっと知りたくて、女性と上手くおつき合いするためにはどうすればいいかを聞くために連載が始まったのに、途中で卒業したなんて」

リリー「そうだよねえ。松居監督とアイドルだけは絶対に言えないねえ」

松　居「結局、どうにも伝えられなくて、連載が終わった後にやった舞台（『ごきげんさマイポレンド』）で初めてカミングアウトして。だから約一年、童貞を捨てたことを内緒にし続けてたんですよ。よくわからない捨て方だったので、僕自身でも何が正解なのかわからなくなっちゃって」

リリー「それは作品には何か影響してるの？」

松　居「どうですかねえ。とりあえず、力まなくはなったんですかね。『アフロ田中』のときは撮影中オナニー禁止にしたり、童貞性を出すためならどんなに無駄なことでも何でもやってたなと思って。それにも意味はあったんだろうなと思うんですけど、最近そういうのはあんまりなくなってきて。もっとリラックスしてというか……それが正しいのかわからないですけど、あんまり力まずにものを作るようになって」

リリー「あー、性格の悪いやつはすぐ自然派に流れていくからね（笑）」

松　居「（失笑）」

『いい人』だと思われたい

松　居「でもまだつき合っている相手とはセックスできたことがないんですよ。つき合った人とそういう感じになっても、できないんです。その、勃たない」

リリー「勃たない？」

松　居「普通にオナニーとかは毎日できるんですけど、そうじゃなくて、セックスっていうのは相手のことを好きだと伝える行為じゃないですか……」

リリー「まあ言ってる意味はわかるけど。でもそこには結局『いい人』だと思われたいっていうチンポの気持ちがあるんじゃない？　俺のチンポは誠実だと思われようとしてたら、萎縮するじゃない」

松　居「そうなんですよ。イッたことによって『あなたのことが好きだ』って伝えたいと思うと、もうイケなくて。『あ、今日オナニーしちゃったからな』とか独り言をつぶやいて、相手を傷つけないようにしたりするんですけど、そうすると相手が頑張ってくれるんです。」

リリー「自分は頑張らないの？」

松　居「頑張るんですけど、頑張れば頑張るほど、気持ちに応えなきゃいけないっていうプレッシャーが強くなって、できないんですよ。つき合ってない相手とは、何となくできたんですけど」

リリー「ということは、チンポが勃つ相手っていうのは、松居監督の中では人間として見下げてるってこと？」

松　居「好きではない、と思ってるからかな……？」

リリー「この人はぞんざいに扱ってもいいと思ってる相手には、チンポがいい人ぶってないっていうことだよね」

松　居「……はい」

リリー「そのチンポのあり方ってものすごくよくないと思うよ」

松　居「ああ……僕、いい人ぶってました」

リリー「俺も『いい人』だと思われたいっていう気持ちがどこかにあるわけ。だから好きな人ほど何も起きないままになっていきがちなんだけど、仮にその人とやってたって人生何も変わ

ってなかったってことが、歳とるとわかるんだよ」

松　居「それはどっちが正解なんですか？」

リリー「やったほうがいいですよ（笑）。女の人としても、『大事にしてるからやらない』みたいな男って、何なの今日は？　みたいにシラけるじゃん」

松　居「その境界線がね、わからないんですよ」

リリー「いい人だと思われたい俺とか監督は、結局すごく中途半端なことになるでしょ」

松　居「そうなってくると、そもそもセックスは楽しいものなのか？ということすら、最近疑問になってきて」

リリー「セックスは楽しいでしょう。でもセックスが楽しいのかどうかわからないっていう人はいるんですよ。そういう人は間違いなくそのあと同性愛になるんです。自分は同性愛者だってことに気づいてないで異性と触れ合ってるから楽しくないの。同性愛になった瞬間に『これだったんだ！』っていう目覚めがあるんだって」

松　居「えぇー!?　僕そうなんですかね？」

リリー「そうなんじゃない？　気づいてないだけなんだよ、ホモの松居カントク」

松　居「いやいやいや、やめてください。戻って来られなくなるから！」

世界が変わるかと思ってた

松　居「半年間連載していて、いろいろ経験してきたゲストの方から、あんたはいかに女性を下に見てるかみたいなことを言われたんですけど……」

リリー「女性の中での分け隔てが、ものすごく君にはあるわけ。自分の好きな人は、人間的にも高いところに置いた人で、それ以外の人は人間的にも下に見てるわけ。だからチンポも勃つし、大胆なこともできる」

松　居「それって僕の無意識で？」

リリー「まあ、典型的な、イヤな人間だよ（笑）」

松　居「人間のクズだ（笑）。基本的に女性をリスペクトしていたつもりなんですけど」

リリー「話を聞いていても、女性に対するリスペクトは全然感じられないですよ」

松　居「ないですか……そうか……」

リリー「これまでの対談のゲストも『こいつに言ってもまあわかんないだろうけど』みたいな前提で来てたでしょ？　あなたの思っているファンタジーは現実にはありませんよ。そんな自分の頭の中でしかものを考えられない世間の狭いヤツに映画なんか撮れるのか!?って感じで」

松　居「そうっすね、それで結構落ち込んだりもして。童貞を卒業した後の対談でもあんまり変わらなかったんですよ、自分のメンタルが。卒業したら世界が変わるかと思ったのに」

リリー「変わらないでしょう。それは多分セックスが、大体の人が一生に一回はする程度っていう種類のことだから。でもたとえば同性愛のセックスだったら、そんなにたくさんの人がしてるわけではないから、童貞喪失よりも衝撃は高いと思うよ」

松　居「そうっすね。やったことないからわかんないですけど、気持ちいいかもしれないですね。いや、ダメだ、このままじゃこの本の結末は僕がホモだったってことになる（汗）」

リリー「いや、もうホモなんだから。そうしたらまた『エピソード1』で童貞時代の話に戻っていけばいいじゃない（笑）」

女性は天使なのか？

松　居「僕は最初、『女性は天使だ』みたいな幻想があって、まずその考え方を捨てろみたいなことを女性からはすごく言われたんです」

リリー「女性は天使だ的な考え方って、男が絶対に一回は通る道じゃない。それがどんどん違うってわかっていく」

松　居「うんうん」

リリー「そもそも男がどうしてそんな幻想を持つようになったかっていうと、キリスト教の存在によるんですよ。キリスト教が登場する前の西洋の女の人は、男よりも性欲が強い性の猛者みたいな扱いだったわけ。だって実際に女の人のほうが性欲が強いからこそ、人間は種を残し続けることができたわけで。それが今は男のほうがヤリたがってるみたいなことになってるのは、絶対にキリスト教のおかげじゃない」

松　居「ああー！」

リリー「キリスト教による、マリア様の処女懐妊っていうプロデュースは、相当よく当たったんだろうね。そこで性的なものから離れているほど女の人は尊い＝マリアに近いっていう思想が生まれたから、偶像崇拝が始まる。偶像っていうのはアイドルで、アイドルの歴史はそこから来てるわけじゃん」

松　居「うわ！　これすっごくいい話ですね‼」

リリー「でもそこで、すっごく女性の実像を歪めたわけよ。だから女の人は天使だとか言ってるイカれた連中が世界中に増えていって（笑）、そういうやつらは聖書も買うし、握手会にも並ぶ。宗教でも芸能でも、アイドルっていう存在は、ヤリマンじゃ握手会にも並んでもらえないし聖書も買ってもらえないから。キリスト教の信者じゃない人たちもその影響を受けて、女の人を頭の中で純粋培養するようになってしまったわけ」

松　居「そうっすね。何なんですかね、この偏見というか、女性には性欲がないっていう世の中の風潮は」

リリー「だからそれが偶像崇拝してるってことなんじゃない？　実際にはいない女の人を、実際に探してる」

松　居「生身の女性に接してないと、そこに踊らされていきますね」

ゴッホに憧れるのは男だけ

リリー「この子かわいいなとか思ってもセックスできないのは、自分が相手にいい人だと思われたいからでしょ。本当にいっぱいセックスしてる男って、土下座しようが相手をひっつかまえようが、何とかしてするじゃん」

松　居「そうですね、そうですね」

リリー「女の人だって、どこかで軽い女とは思われたくないみたいな、ある程度の自己プロデュースはあるわけじゃない。男も女もそう思ってたら、どっちかが悪者にならない限り、何も始まらないでしょ」

松　居「そうすると、合コンでがっついてないヤツがモテるっていう状態が、意味わかんないんですよね。無理やり連れて来られちゃってさ〜みたいなヤツがモテて、がっついてるヤツが上手くいかない、みたいなシステムが」

リリー「俺ね、合コンは人生で二回しか行ったことがないから、合コンのことはわからない。

でも合コンとかでさ、名前も知らないような人と、雑居ビルの階段とかでセックスするのって男の夢じゃない？」

松　居「ああ、非常階段とかで！」

リリー「そうそう。それでそのあとは何事もなかったかのような顔して。イケてるよねえ……！　そういうの夢なんだけど。どうしたらいい？」

松　居「いやいや、わかんないです（笑）」

リリー「絵を描いたり映画を作りたいとかいう男って、オスとしてイケてないから、そういうのに憧れるんだよね。女の人の一般的なニーズにあんまり当てはまらないんですよ、このへんのナイーブ植物物語的な感じの男は」

松　居「コンプレックスでモノ作ってるから」

リリー「ものすごいチンポでかいのに音楽やっ

「かいだんという夢…」

てるヤツとか信用できないよね（笑）。育毛剤の会社の社長が髪の毛ふっさふさ、みたいな。お前にハゲの苦しみの何がわかるのか!?って」

松　居「うんうん、そうですね」

リリー「男同士のほうが絶対にセンチメンタルというか、ファンタジーな話になる。女の人ってものすごく即物的じゃない」

松　居「現実的な話をしますよね」

リリー「たとえば歴代で有名な女性画家の名前を挙げるとしたら、誰が出てくる？」

松　居「うーん」

リリー「出てこないでしょう。絵なんか特別な体力を使わなくても描けるのに、なんでだと思う？」

松　居「そこに面白さを感じないのかなあ？」

リリー「そんなことを始めても将来どうなるかわからない、みたいなことに、女の人は興味を持たないの。ギター一本持って世界を放浪するなんて、女の人にとっては時間の止まってる人でしかない。女の人は初潮や更年期や閉経があって、時間とともに生きてるから、時間を無駄に使いたくないわけよ。ゴッホ超リスペクトっていうのは男子の考え方じゃない」

松　居「かっこいいですゴッホ、たしかに」

リリー「そういう感覚でいくと、俺らみたいにファンタジーの中の登場人物として女の人を持ち出すっていうのとは、相容れないよね」
松居「そうですね。まだ中二みたいな気持ちでモノを作ったりしてますから」
リリー「やっぱりもう一回原点に立ち返って、キリスト教以前の感覚で相手を見ることが、一番仲良くなれる方法なんじゃないの？」
松居「マリア様じゃないんだよっていうところから」

妻は夫を〝さん〟づけで呼ぶべし

リリー「たとえばさ、好きな女性のタイプを聞かれたら、俳優とか女優だと誰を挙げるの？」
松居「ずっと言ってるのは蒼井優さんですね」
リリー「そこは普通に平べったく、森ガールな感じのところに行くんだね」
松居「そうなんですよ（笑）」
リリー「そこで『叶恭子さんです！』とかは言わないんだね」
松居「そこはウソつけないです（笑）」
リリー「監督やっぱり奥行きがね、映画監督なのにちょっとないよねえ（笑）」
松居「わかりやすい、結構ベタなところに行っちゃうんですよね」

リリー「自分の自信のなさから、森ガール系の人だったら俺と合うって勝手に思ってるんだけど、向こうがどう思うかなんて本当のところはわからないし」

松　居「合うわけない。でも勝手に、自分のことを受け容れて肯定してくれるんじゃないかって思ってる」

リリー「自己愛が強いんですよ、自分の趣味を人生のアイデンティティにしているような人は。しかも『あいつらとは違う』と思いたがるからオタクにすらなれない。それがこういうタイプですよ。カントクはイヤな人間ですよ（笑）」

松　居「自分の作るものが優先順位として一番になるから、どんなに好きでつき合っていても、彼女が一番にはならなくて」

リリー「そんなもんでしょ」

松　居「それをつき合う前に言うと『そんなの全然いいよー』とか言われるんですけど、いざつき合い出してから撮影中に連絡が来たりすると、それにもう腹が立って」

リリー「その作品が出来上がったときに、彼女は何か言わないの？　『あんたがあれだけ人生懸けてたのってこの程度の映画？』とか。『あのときの男っぽいテンションと仕上がりのショボさの落差は何なの!?』みたいな」

松　居「痛すぎる！　それ言われたらヤバいです」

リリー「結局自己愛が強いから、他人とつき合うことになっても、自分が想像したお前でいろっていうのを相手に押しつけることになる」
松　居「うん……そうですね。いや、よくないと思いますけど、九州男児的なものに近いかも。女性には一歩下がって来てほしい、みたいな」
リリー「うーん、意外と九州男児って嫁さんにすごく気を遣っている人が多いじゃない」
松　居「僕の親は、母がコラムニストとしてやりたいことをやろうとして、親父がそれに反対して専業主婦になれと言って、離婚したんですよ。僕は母に似たので、やりたいことをやる人生を選んできてるんだと思うんですけど」
リリー「男の人は福岡に行って遊ぶと楽しいって言うけど、九州の女の人は男の人の立て方が上手いんですよね、自分の下がりどころを知っ

てるから。それって男をコントロールできてるってことじゃないですか」

松　居「女性のほうが上手《うわて》ってことですよね」

リリー「女性は男と対等であっても自分が得しないことを知ってるから、持ち上げどころをわかってる。フィフティ／フィフティが人間関係の中で一番不均衡なわけじゃない。シーソーはどっちかに傾いてるからこそ安定するんで、主従関係はあったほうがいいんですよ」

松　居「それをわかって一歩下がってたら、たしかに女性のほうが賢い」

リリー「たとえば夫婦の場合、妻が夫を〝さん〟づけで呼んで、夫が妻を呼び捨てにしている関係だったら、絶対に男が女に手をあげることは少なくなるんですよ。フィフティ／フィフティがいいという共同幻想を信用してると、ケンカになった場合に絶対に男は手をあげる。呼び方は一番簡単な記号で、人間は呼び方で相手との関係性を認識していくから、主従関係——それは場面によって逆転してもいいんだけど——を記号で持っておくといいんです」

松　居「へえーそうか、面白いです」

リリー「俺も撮影現場にいるときは君のことを『監督』って呼んでるからそこに自然にいられるけど、もし『フリスク』とか呼んでたら、この人の言うことを聞こうとも思わないじゃん？（笑）」

松　居「アハハハ！　それはわかるなあ」

リリー「友達同士みたいなカップルで、フィフティ／フィフティの関係がいいと思い込んでると、絶対に揉めます」

松　居「どっちかに傾いてたほうがいいんだ」

リリー「SMのカップルが別れないのはその最たる例でしょう。役割分担が明快だから。バンドだってメンバー同士の役割分担さえしっかり決まっていれば、揉める理由がないから解散しない」

松　居「いろんな関係を長生きさせるコツにもなりそうですね。――すいません僕ちょっと、トイレ行ってきます」

（松居、しばし席を外す）

――久しぶりに松居さんと会われていかがですか？

リリー「うーん、でも前からバカだったから（笑）。逆に数年でいきなり変わってもらっても困るし、そこは裏切らなくていいんじゃないですか。映画に関することにはそんなにそつのない感じだし、25歳でちゃんとした劇場映画でデビューできるっていうのは、なかなか期待されてるんでしょうから。女性観で自分がみみっちくなってるところが解消されていけば、（フランシス・フォード・）コッポラみたいになっていくんじゃないですかね――」

松　居「(戻ってきて) いい話ですか?」

リリー「まあね」

ヘンタイ度が上がるほど文明は高い

リリー「セックスが楽しくなる方法は一つしかないです。俺のセンパイがいつも言ってるんだけど、人間はヘンタイにならないと人生退屈だ、と。だってフィジカルなセックスをしていくだけだと絶対に飽きるじゃない。セックスの最中にものすごく常識的なことを考えてるから楽しめないんだよ。映画を撮ってるときは、二週間電話してくんなよ！なんて非常識なことを考えてるのに、セックスには日常を持ち込んでるんですよ。一番非日常なステージなのに」

松　居「あー、そうですね」

リリー「たとえば子づくりのためのセックス。そうなってくるともう業務だから、業務ですするセックスは、さぞつらいでしょう」

松　居「つらい、つらい」

リリー「だから繁殖とセックスを切り離していかないと楽しくない。ほ乳類で快楽のためにセックスするのは人間とイルカしかいないんですよ。だから人間はイルカが好きなんですよね」

松　居「そうなんですか？（笑）」

リリー「だって他のほ乳類はだいたい繁殖のためにしかセックスしないでしょ。ヘンタイっていうのは文明のことだから、セックスにも文明を持ち込まなきゃいけないんです。たとえば人間には他人がセックスしているところを覗いたりする楽しみもあって、セックスにおいて自分がオーディエンスになれるのはヘンタイ性の一つじゃない？　映画もそうでしょ、人の営みを見るっていうことでは」

松　居「うんうん、そうですね」

リリー「これも先輩が言ってたんだけど、それが犬だったら、他の犬が交尾しているのを木陰から見てシコってる犬はいないじゃん（笑）、民度が低いから。もしそういう犬が現れたら、それが犬の文明の第一段階。そしてもっと犬の文明が進んだら、今度はそいつの後ろの木陰でそいつを見ながらシコるヤツが出てくる！」

松　居「ハハハハ！」

リリー「ヘンタイ度が高くなるほど文明が高くなるんですよ。ヨーロッパは美術の歴史にしても文明の歴史にしても、日本とは圧倒的に違いすぎる。昔からヘンタイに関しては超一流なわけじゃん、ヨーロッパは」

松　居「映画とかもそうですもんね。でも日本は日本で、ＡＶの分野では、結構先進国じゃないですか？」

リリー「日本はAVが出てきて、いわゆるワールドワイドなエロの国になった……たとえばSMを発明したのはイギリス人だけど、ヨーロッパのSMは道具の文化なんですよ。三角木馬だったり鞭だったり、物を載せるとか吊り下げるとか。でも日本にSMの文化が入ってくると技術のSMになってくるの、縛りとか」

松　居「亀甲縛りとか」

リリー「ああいうのはヨーロッパにはないからね、逆輸入もされてる。でも日本人みたいにあんなに綺麗に縛れる人はヨーロッパにはいないんですよ」

松　居「やっぱり手先の器用さとか？」

リリー「そうだよね、和なんだよね。折り紙的な。日本のSMも和紙と同じぐらいの文明があると思うから、ユネスコとかにちゃんと申請したほうがいいと思う（笑）」

――松居さんはSですか、Mですか？

リリー「ドMですよ。Sっていうのはサービスが出来る人のSですからね。MはMemoryのM。この人は自分がされたいばっかりで、人にサービスする気持ちなんかないです」

松　居「……そうかもしれないですねえ……」

リリー「愚鈍なMですよ、GMですよ（笑）。ジェネラル・M。人を見下げているから自由にできるっていうのは、ものすごくM的だと思いますよ。本物のSの人は、高慢ちきな女をこてんぱんに調教するから。征服のSですから。この人みたいに、あらかじめ見下げた人間に好きなことをするっていうのは、奴隷農場の名誉白人と一緒ですよ。自分が作ったファンタジーの世界を壊さない限り、この人の差別意識も変わらないんです」

松　居「そうですね……」

リリー「で、そういうちょっと見下げている感じと、逆にものすごく見上げている感じって、女の人が一番敏感に気づくじゃないですか。だから、奥が浅いことに関しては、映画界でピカ一だと思うよ」

松　居「いやいやいや、マズい、マズい（汗）」

リリー「見上げる見下げるの基準は単純なことだと思うんですよ。綺麗とか可愛いとか、いい家柄っぽいとか。ものすごく外見で人を判断してるんじゃないですか？」

松　居「うーん、そんなヤツ最低だと思ってたけど」

リリー「基本的に差別主義の権威主義だからね（笑）。一方ではどんどん人を見下げながら、自分が好きだったりすごいと思っている人に対しては卑屈になるんだけども。自分の中で見上げるファクターがあると萎縮していくんだと思う」

松　居「変われるんでしょうか、僕は」

リリー「他人を差別する人は自分が差別を受けている人だから。俺が週プレでやってる人生相談に応募してくる童貞だって間違いなくみんな性格が卑屈になってるもん」

松　居「戦争がなくならないのと同じ理屈なんだ」

リリー「そうなんですよ。で、なまじ早稲田だっけ？」

松　居「慶應です」

リリー「ほら、今、今日初めてハッキリと喋ったでしょ」

松　居「アハハハ！」

リリー「俺は童貞だけど慶應卒だぞ、本来ダメじゃないのにダメみたいに言っちゃう俺も面白くない？　みたいなメンタリティ。それがダメなんですよ、切り札としての慶應卒」

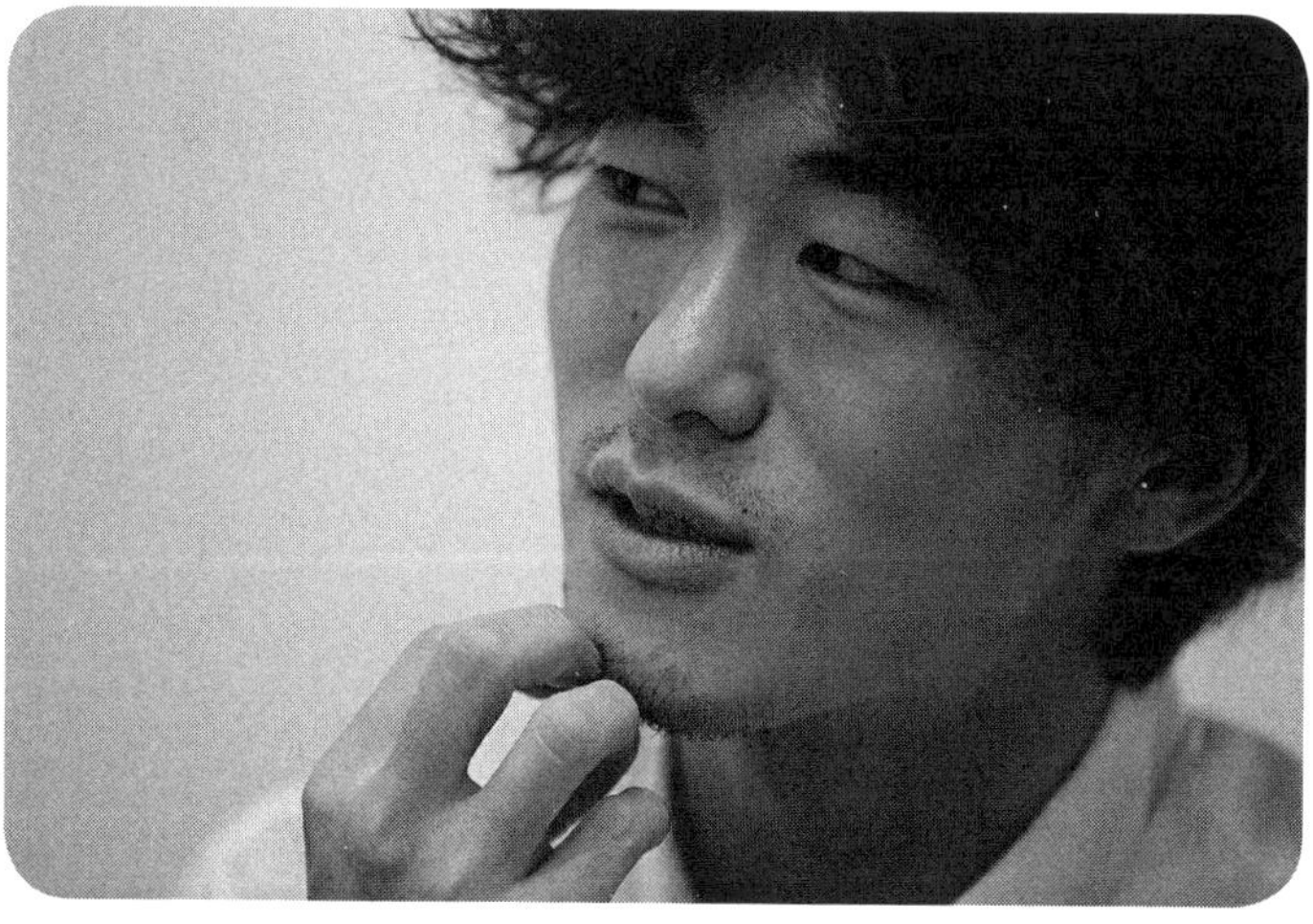

松　居「ああ、ヘンなプライドが（汗）」

リリー「慶應に入れるぐらいの学力が、ヘンタイのほうに向かえばいいのに、ものすごく平べったいところへ向かってしまったんでしょうね。そして多分、彼女もできず、長い童貞期間を過ごしているうちに、女の人が一番敬遠するタイプになってしまったんでしょうね」

松　居「彼女がいたことはあったんですよ。でもそのときは『つき合って半年間はやらない』みたいなルールを自分に課していて」

リリー「そのルールも相手にとっては迷惑なだけの話じゃない」

松　居「これはマズいなと思って半年から三ヶ月にして、それでも三ヶ月以上つき合えなくて一ヶ月にしたんですけど、一ヶ月経つ前に別れる空気になって……」

リリー「半年じゃなくて三ヶ月にしたっていう提案も、そういうモンダイじゃないの！　っていうところだよね。根幹がわかってない！　っていう」

松　居「その通り……です……」

世の中に誠実な○○○はない！

松　居「僕は自己肯定をし続けてた気がするんですよ、ずっと童貞だったときは。相手が大切すぎてやらないんだ、みたいな」

リリー「違うでしょ、本当は」

松　居「多分違いますね。自分が大切なだけだったと思う」

リリー「そして緊張してチンポが勃たないだけでしょ？」

松　居「それを、見られたくなかった（笑）」

リリー「たとえば高校野球で145km/h投げるヤツを、ヤンキー・スタジアムに連れて行ってメジャーリーガーたちの前で投げさせても、そこで145km/hは出ないよ。萎縮して肩に力が入って」

松　居「そうですね。僕がイケなかったのは完全にそうです」

リリー「男が最初にセックスするときは、緊張して勃たなかったらどうしようとか、早く出ちゃったらどうしようってなるじゃない。でもセックスで一番気持ちよく感じるのはそう考えない相手じゃない？　たとえばつき合ってない人とセックスしてるときは楽しいんじゃない？」

松　居「そうですね、イケなかったらどうしようとか考えないです」

リリー「でも本当は一番好きな人と楽しいセックスが出来れば一番いいんだと思う。だから、自分は緊張しすぎてチンポが勃たなかったんだって自分で刷り込むことによって、勃つようになるんじゃないの？　本当に大切な相手だからとか、実体のないもののせいで勃たないことにしてるけど、サムいな俺って思ったら、勃つようになるんじゃない？」

松　居「そうか、そうですよね。やりながら昨日観たＡＶのことを思い出すなんて、意味わかんないですよね」
リリー「たとえば勃たないときに、しゃぶって勃たせてよっていうのが、好きな子が相手だと言えないわけでしょ？」
松　居「できないですね」
リリー「それをすれば勃つかもしれない。それだけのことなんじゃない？　いいチンポだと思われようとするのが、相手にとっても自分にとっても、一番損なんですよ。いいチンポなんて世の中にないんだよ。これはね、いいチンポだと思われようとしていろんな人とできなかった俺の50年間の歴史だから、君に教えてあげるよ（笑）。君はまだ未来があるから、今から是正したほうがいい！」
松　居「はい……！（笑）」

男のダンディズムと童貞感は同じ⁉

――リリーさんが誰かに人生相談をすることはないんですか？

リリー「俺は他の人に自分のことを相談したことないんですよ。聞いてもらって心に豊かさができるタイプの人と、言わないほうがいいと思ってる人がいるんじゃないですかね。占いに行く人と行かない人がいるのと同じで」

松　居「リリーさんは、他人に言ったところで解決しないと思ってるんですか？」

リリー「最近はね、いろいろ悩んだりモヤモヤしてくると、即オナニーをしてるね。とにかくオナニーで忘れる（笑）」

松　居「いや、なんか、ズルいっす。リリーさんが言うと、それが正解みたいになるから。口惜しいですよ」

リリー「監督は次はどんなペラい映画を撮るの？」

松　居「何を言ってるんですか！　重厚なやつを撮りますよ（笑）。今編集してるのは、あるバンドファンの女の子たちが、ライブのために北九州から自転車で上京するっていう話です」

リリー「それで思い出したんだけど、俺が25歳ぐらいのときに、劇団でお芝居をやっている女の人と知り合って。一緒にいるとすごく話があって楽しいし、綺麗だし、でも二人ともお金がなかったから公園で缶ジュース飲みながらずっと喋ったりするデートしかしたことがなかったの。キスもしたことなかった。だけどあるときコンサートのチケットを二枚もらったから、その子と行こうと思って、チケットをくれたやつに二万円借りて行ったの。横浜スタジアムでコンサートを見た後に山下公園に行って、もう夜も遅いし今日は泊まるんじゃないかとか思いながら、目の前が海になってるいい感じの階段に二人で並んでたんだけど、そこに子供が一人座ってたの。こんな時間に子供が一人でいるのはヘンだなとずーっと思ってはいたんだけど、急にその子が立ち上がって、歩きながらどんどん海の中に入っていって、ボチャンていなくなっちゃったの。えーっ!?って思うじゃん。それと同時に『お前なあ、俺は今日デートで、特別な日なんだから……!』って（笑）。とりあえず助けなきゃって海の中に入ったんだけど、男の子だと思ってたら女の子で、好きなバンドの追っかけをしてたらバンドの連中にやられて金もとられて、これ以上金が引っぱれないってなったら車から降ろされて、二日ぐらい公園にいるって言うんだよ」

松　居「ひどい！」

リリー「で、その子に上着を貸してあげて、番号を聞いて家に電話したら、家の人から連れて帰って来てくれって言われて、借りた二万円で練馬までタクシーに乗せて行ったんだよ……それを今、バンドの追っかけの話って聞いて思い出した」

松　居「へぇ……！」

リリー「連れて帰ってみたら、俺らは善意の第三者のはずなのに、家の人から『今日はもうこれでお引き取りください！』とか言われて。そこから帰る金はもうなかったから、新宿の彼女の家まで歩いて行って……なんにもなかったですけど、青春ですね」

——リリーさんは今まで結婚しようと思ったことはありますか？

リリー「絶対に結婚しない、と思ったこともないですけど、人の話を聞いてると、結婚とか子供が欲しいっていう欲求が、俺は人よりも低いんだなっていうことが、なんかわかってきた。もっとそのことに貪欲に生きている人はいるし」

松　居「それは改善しようとも思わないんですね？」

リリー「改善されないでしょ、もともとの欲求だから。絶対に子供が欲しいとかもさほど強く思ってないし、それだと結婚という形がそんなに必要なことじゃなくなる。誰かとつき合って相手が結婚したがったらそういう話にもなるんでしょうけど、そう考えてみると、俺も女の人からはあんまり結婚相手としては見られてなかったのかなあとも思う。でも年齢によって変

「しあわせに照れるよジェニー!!」

わってきますよ」

松　居「そういうことも全部一人で考えるんですか？　誰にも相談せず？」

リリー「うん。長く生きてると、あの人と結婚してたら幸せだっただろうなっていう人は何人かいますよ。でもやっぱり、沢田研二の『サムライ』の歌詞にある、『男はしあわせに照れてることもあるんだよ、ジェニー』みたいな（笑）。『お前とくらすのがしあわせだろうな〜だけどジェニー、あばよジェニー、それが男には出来ないのだよ』っていうジュリーの感じ、あのダンディズムって、好きな人の前でチンポが勃たないのと近いんですよ。男のダンディズムと童貞感はものすごく距離が近くて、やせ我慢の歴史っていうか。やせ我慢しすぎてチンポが勃たないとか、やせ我慢しすぎて幸せに照れるとか。ダンディズムって言うとカッコいいけど、ずーっと一生懸命バイク磨いてるのなんて、プラモデル作ってる童貞と変わんないよっていう話ですよ」

こんな男は女をブスにする

リリー「監督は監督以外にやりたいことはないんですか？」

松　居「僕は漫画家になりたかったんですよ。でも絵が上手く描けなくてやめて、映画とか演劇をずっとやってるんです」

リリー「じゃあ松尾スズキさんパターンですね」

松　居「そうかもしれないです。本当に一番やりたいことは漫画なんですよ」

リリー「俺はね、やりたいことは基本的にないわけよ。したいことなんかなかなかないもんね。『どういう映画を撮りたいですか、松居君！』とか言われても、ないでしょ？」

松　居「うーん、そうですねえ」

リリー「でも50歳になったときに、これまでやったことのないことをやりたいなとは思ったんですよ。他に何かしたいことはないですかってよく聞かれるんだけど、俺は十年間同じことをずっと言い続けてて、女性下着のデザイナーになりたい。そのためにメーカーと話をしてみたりもしたんだけど、なかなかやりたいことと現実が上手く嚙み合なくて。でも60歳になったときには下着デザイナーとしてパリに住みたい！　ただ、パリのメゾンに入るためには、ゲイじゃないと不利なんですよ」

松　居「おおー！」

リリー「みんなゲイだから。50歳になるまで結婚もせずにリリーって名前でやってきてるなら、ゲイだって言ったほうが世間体もいいし、10年後にはパリで『トム・フォードのパーティーに呼ばれたの〜！』とか言ってたいわけですよ（笑）。そのためには、下着を作る前に、まずゲイになっておくっていう方法論で」

松　居「逆算してるんだ（笑）。なんで下着デザイナーになりたいんですか？」

リリー「女の人の下着にすごい興味があるし、ずっと裸の写真を撮ってたときも、なかなか被写体を素っ裸にすることってなかったんですよ。下着を着けてる女の人の姿が好きなの。日本の下着の歴史はちょっと遅れてて、寄せて上げるみたいな下着が日本の文化だけど、それもいいけど、もうちょっと美しくてセクシーな下着を着けるべきだと思う」

――松居さんは、女性の下着に対するこだわりみたいなものは？

リリー「この人は多分ね、女の人がすんごいイヤらしい下着でＴバックとか履いてたら、ひきますよ。こういう男と一緒にいると女は綺麗にならないですからね。ドンくさい下着を着けて

る女のほうが浮気するぞ？」
松　居「あ、そうなんですか!?」
リリー「美意識がルーズだから。飲み会ですぐ連れて帰られるような女は、だいたいくだらないパンツ穿いてる」
松　居「あー……」
リリー「Tバック履いてる女を見て、こいつヤリまくってるんだなって思うその下着観、その童貞感は絶対に捨てたほうがいい！　そうじゃないと、監督として女優の本質を見抜けなくなりますよ。『私Tバックとか一枚も持ってない〜』とか言う女を、性経験が少なそうとか思うのは、大間違いです」
松　居「逆に多いと思ったほうがいいんですね」

自意識の耐えられない重さ

――女性に対して見上げる／見下げるという見方は、同性に対しても同じなんでしょうか？

松　居「考えたことはないですけど、無意識にというか潜在的にやっているかもしれないです」
リリー「自分の価値観を脅かす人を受け容れたら、自分のアイデンティティが崩壊しそうだから、排除していく方向なんじゃない。でも今の20代の人たちの処世の仕方ってそういう傾向にあるじゃないですか」

松　居「そうしないと、今まで自分のやってきたことを否定することになるから。僕は年齢が近い人の作った映画とか演劇とかあまり観ないです」

リリー「ヨゴレ演劇人の考えることはみんな似てますね」

松　居「面白くてもヘコむし、つまんなくても腹が立つし、いいことない」

リリー「三谷幸喜の何がいいんだよ~とか言いながらやっぱり怯えてるんですよね（笑）。大人計画を褒めることはできても、野田秀樹さんとか三谷さんのよさを朗々と語るのは、自分がいなくなりそうな危機感がある」

松　居「そうそう、俺ダサいんじゃないか、みたいな（笑）」

リリー「自分がどう見られるかっていうのが一番気になる年齢なんだよ」

松　居「自意識だけが肥大してる。この対談のすべてが、僕の自意識の肥大を否定するためのものだったのかも……もう、何が正解かわかんないです……。口ではなるほどなるほどとか言いながら、実際に行動を起こせないのは、本当になるほどとは思ってなかったりするからなのかな」

リリー「ま、根っこが腐ってますからね（笑）。下手したらもう土が違うのかもよ？　でもこういうタイプの人にしか撮れない映画は確実にありますから。どう考えても『天と地と』(90)みたいな映画は一生撮らないでしょ。逆に『メリーに首ったけ』(98)みたいなのを撮る可能性があるわけじゃない?」

松　居「そっちを磨くしかないか……」

リリー「歳をとればみんな最終的には普遍的なものを撮りますよ。だって枝葉のものには飽きますから、歳をとったら」

松　居「そうなのかあ」

リリー「いやー、この対談も何とかやり過ごそうと思ったんだけど、結局つかまっちゃったなぁ」

松　居「ちょ、やり過ごそうと思ってたんですか!?」

リリー「だってこの出版不況に、こんな不毛な話の対談集を本にしようってあり得ないよね(笑)」

松　居「いやでもこれで僕を全否定するものすべてが着地する感じがありました。結局自分の頭でいくら考えてもどうしようもないし、あとはなるようになる的な、よくわからないですけど……町へ出ます!」

「さあハイヒール折れろ」
書籍版スペシャル対談

●対談収録店情報

恵比寿　酒場 夜《よ》ノ《の》森《もり》

住所：東京都渋谷区東1-27-5
　　　シンエイ東ビル1階

電話：03-3400-0234

開店：午後5時

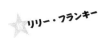

反省コラム

リリー・フランキーさん

「整理した記憶より、体験した感覚」

★対談で話したことがすべて

もうここで何も書く必要はないかもしれないですね。

対談で話したことがすべてです。

全てというより、自分で気づいてない事まで言語化されたので、全て以上のものなのかもしれません。でもリリーさんにいくら言われても、不思議と嫌な気持ちにはならなかったというか、ことごとく愛を感じましたね。それを僕が思うのは早すぎるんですかね、10年後くらいに、「あの時のあれってああだったのか……」って思う奴なんですかね。でも今まさにそう思っています。

リリーさんと話す時間はすごく穏やかでしたね。安定の2時間遅れで、そのあと3時間以上話して、ずっと笑ってた気がします。個人的にはリリーさんの恋愛の悩みを引き出してやろうとは思っていたのですが、10年早かったですね。僕以上にシャイな気がしました。だからこそ、敢えて傷つく言い方をして相手を傷つけないようにしてるんじゃないかと思いました。ありゃモテる！　あの立ち姿に憧れる！

うん、このへんでいいですかね。

ここで書けば書くほど、逆戻りというか、また自分が正しいんだ、という地獄のスパイラルに入り込んでしまう気がして……考えを整理しない方がいい気がしてます。

色々言われたり考えたりしたことは事実としてあって、これから自分に起きる出来事もきっとあるけど、その時々で考えればいい。頭でごちゃごちゃと自分を肯定しようとするから、相手を見られなくなるような考え方が構築されて、身動きが取れなくなる。

★全然まとめられる気がしない

この間、演劇の公演中に話したことを思い出しました。

公演がすべて終わった後に打ち上げがあったんですけど、一緒に戦った舞台監督さんと乾杯しただけで、一言も話さなかったんです。というかお互いに避けあってたというか。

別にケンカしてたわけではなく、でもなぜか全然話したくなくて避けてたんですけど、その理由が僕には言語化できなくて。

数日たって、一応御礼のメールした方がいいよな、と思って舞台監督さんにメールした時に返ってきたメールでわかりました。

「終わっての感想みたいなものを話し出すと考えを整理しそうで嫌だなーと思っていて、松居君と話すとやはり避けられずそういう話になりそうで、結果あまり話せませんでした。整理した記憶より体験した感覚を頼りにこれからもよろしくー」

僕はすぐこのメールを保存して膝を打ちました。

そうだよ、そういうことなんだよ。その演劇作品が理屈じゃなく感性で作ったのもあるけど、でも演劇じゃなくてなんでもそうかもしれないよ。

整理した記憶より、体験した感覚。

いくら理屈で学んでも実際に体験したものに勝るものはない。

そこを大事にできる状態でいようと思います。

★詳しくは次のページへ！

だから、どうしよう、次のページで本全ての総括コラムがあって、そこで総括しなきゃいけないんだけど、今の自分は全然まとめられる気がしない……。逆に全然まとめられないってことを書けばいいのかな。いやそれは今まさにここで書いてるしな。それはあまりにもメタすぎるというか、サボりすぎだな。でもここではまとめられないってことでいくしかないよな。もう言葉が出てこないもんな。（ウジウジうるせえな！）

本はいいですよね、今の僕には何を書けばいいのか全く見えてないのに、ちらっとめくれば、もう書いた状態の文章が載っているんだから！　そっち側にいきたいです。貞子のように紙を飛びぬけてそっち側の世界に言って、ページをめくって、なんて書いてあるかを読んで覚えて、それを書きたいです。これを言いだすと、タイムマシンなんて誰が作ったんだみたいな話になりそうですね。結局セワシはのび太の人生を変えられたんですかね。のび太も必死に生きてるからもういいかってなったんじゃないかな。

僕は何を書いているんだろう。

あとがき

２０１５年頭にこれを書いています。

これは２０１３年末から２０１４年夏までの半年ちょっとの間、マイナビさんで対談連載させてもらったものを書籍用にまとめたものです。対談をしている間はずっと恋愛観は揺さぶられ続けていましたし、リリーさんとの対談で話したように、その期間中に童貞も卒業してしまいました。女性との対談でそれを打ち明けることはできませんでしたが、ここで総括として書かないのも不自然ですよね。なので、正直終わるとなった時は、落ち込むとともに少しホッとしていたのですが、連載後に「本にしないか？」というお話をいただいて、嬉しかったのですが悩みました。

結局そうすることによって、また「童貞」が僕を呪うのではないか。対談で話したように28歳で童貞を卒業したものの、すぐには言いだせず半年以上経過した後に、舞台でもそれを題材に上演して、リリーさんにお伝えする形でここでも皆さんにお伝えしました。それでも信じないんですよね。「いつ卒業するんですか？」と言われながらも「いや嘘でしょう！」と言われて、これはその人の中の僕のイメージを押し付けたいってことなんですかね。だからそのイメージと本来の姿が違うと許せなくなる。こういう時にいつも、バガボンドで、又八と再会した時の武蔵の「お前が見てたのは俺じゃない、会わない間にお前の頭の中にこしらえた『俺』。お前の頭ん中の『俺』。お前の頭ん中の物語。その物語こそがお前自身の姿を映してる」という言葉を思い出します。

ああ！　初めての本なのに、漫画の引用でまとめてしまった！


この場を借りて、マイナビの山口さん、ライターの那須さん、エクスナレッジの赤澤さん、装丁してくださったあきやまさん、本文のデザインをしてくださったソルトのヤマザキさん、事務所の大石さん、絵を描いてくれた石原まこちんさん、タイトルを考えてくれた阿部くん、そしてゲストに出て頂いた皆さま、本当にありがとうございました。

僕は本を出すというのが夢でした。こんな素敵な方々とそれが実現できて嬉しいです。うおおお……僕に、この御礼を書く時間が来るなんて。

本読むときにいつも巻末で読みながら知らない名前が並んでるけど、でも一人だけには届くんだなぁいいなぁって思ってました。

これからも皆様に出会える機会が来るように頑張ります。

演劇でも映画でも書籍でもなんなのかわかりませんが、またどこかで。

松居大悟

さあハイヒール折れろ

発行日　2015年2月27日　初版第一刷発行
著者　松居大悟
発行者　澤井聖一
発行所　株式会社エクスナレッジ
〒106-0032
東京都港区六本木7-2-26

問い合わせ先
編集　Tel 03-3403-1381
Fax 03-3403-1345
info@xkowledge.co.jp
販売　Tel 03-34031321
Fax 03-3403-1829